海鲜的文化料理

乐建中 著

宁波出版社
NINGBO PUBLISHING HOUSE

目录

躺着中枪的乌贼	001
被人难看的螃蟹	010
蛤蜊，有故事的海鲜	018
鲨的老古	027
带鱼吃肚皮	035
从"生病黄鱼"说起	041
头里有颗石子的石首鱼	047
唐朝人是怎样吃鲳鱼的	053
海蜇皮子长下饭	059
咸鱼翻身不容易	066
匪夷所思的老实弹糊	074
真实的虾屎以及传说中的虾屎	079

虾屎后传 —— 龙头鲓	083
海蜒,应该怎样称呼你	087
鱼目没有混珠	093
比目鱼,以鲆鳎鱼为例	102
淡菜的纠结	109
在海礁中飘逸的紫菜	114
蛎黄的雌雄问题	119
令人惊讶的大海虾	126
玉螺的壳,曾经可以做"铜鼓"	135
落魄的泥螺	139
虾皮弹虫,每一个绰号都有来历	144
蠡是啥东东	150

蟛蜞，螃元蟹那样蟹壳方方的蟹　　　　156

蛏子，有个劝人为善的故事　　　　　164

明州的蚶子，该不该送往长安　　　　173

当海带不正经的时候　　　　　　　　185

虚幻的鲻鱼与真实的鮠鱼　　　　　　191

苔条，能够见证情怀的海鲜　　　　　202

鸡尾虾、三文鱼及其他　　　　　　　208

醓蟹之类，都是乡恋的密码　　　　　215

与海鲜有关的吃相歧视　　　　　　　225

盐，带引号的海鲜　　　　　　　　　233

躺着中枪的乌贼

乌贼在成为海鲜之前，它与人类的生活并没有什么交集。它生活在海洋里，井水不犯河水——况且它在海水里，对陆地秋毫无犯，更不拿人类一针一线。老虎吃人，狼叼羊，老鼠偷灯油，老鹰抓小鸡，黄鼠狼给鸡拜年——没安好心……这些动物都做过偷鸡摸狗的事情，没一个被人类叫作贼，为什么偏偏给样子萌萌的、在海里优哉游哉的它取了这样一个不受人待见的名字——乌贼？

其实，老祖宗给乌贼取的名字是很文雅的，叫"乌鲗"。坏就坏在太雅了，"鲗"字很生僻，没多少人会写；而"鲗"字的读音 zéi 却是耳熟能详的——这不就是那个"贼"字吗？是的，这音念"贼"。中文的常用字有几千个，但念 zéi 的竟然只有两个：一个"贼"字，一个"鲗"字。可以想象，古代一个没念过什么书的渔民，在他卖鱼的摊位上用乌贼墨汁把"乌鲗"二字写成"乌贼"，这不仅仅是顺理成章的事，简直是天经地义的事！谁叫受教育的权利一直在少数贵族手里，老百姓要认识几个字难于上青天呀。

于是，"乌鲗"有了代名词"乌贼"。我觉得这"乌贼"二字，最初相当于注音，就像初学英语的人在"Thank you"后面注上"三克油"，并不代表原始词语的本身；因为按照最规范的写法,"乌鲗"是要写成"鵨鲗"的——《说文解字》上就是这样写的。看来,古代的人早已知道"复杂的事情简单化"的道理,既然"乌贼"二字指向非常明确,那就把它作为原始词语的本身好了。

古往今来,这种注音的字成为词语本身的例子很多。举一个最有趣味性的例子吧:窟窿。"窟窿"原来不是一个词语,它是用来注"孔"这个字的读音的。"窟窿"快速连读,就是"孔"的发音。"孔"的意思是"小洞",于是当"窟窿"摇身一变,摆脱了类似于"三克油"这样尴尬的注音身份后,登堂入室,成了正式词语,它的意思就是"孔""洞"。从理论上来讲,当时如果有人用"哭龙"来注"孔"的读音,或许表达"孔"或"洞"这一意思的词语就是"哭龙"而不是"窟窿"——嘿嘿,这或许会让人丈二和尚摸不着头脑。现在我们对于熟悉的词语,觉得它的存在是必然的,其实在形成过程中有偶然性——"窟窿"是这样,"乌贼"也是这样。

鲁迅先生说过,世上本没有路,走的人多了也就成了路。你也"乌贼",他也"乌贼",时间一长,约定俗成,"乌贼"就堂而皇之地取代"乌鲗"成为书面词语。这里可以看出"约定俗成"的力量，大家都在这么写，你有文化的人承认不承认"乌贼"这种写法你自己看着办！这其实可以看出文字的发展演变始终是通过两种途径来进行的，一种是官方的，一种是民间的。当民间的"俗成"盛行到一定程度，官方就收纳了这种"约定"，成为后世的规范。

　　问题就在这个时候出现了。某些文化人觉得从"乌鲗"到"乌贼"总得说些理由，贴上标签予以正名吧！有时候，这难免会画蛇添足，甚至会贻笑大方。于是就有了让人啼笑皆非的说法：乌贼"常自浮水上，乌见以为死，乃卷取乌，故谓之乌贼"。这段文字还是很通俗的，但我还是忍不住想"意译"一下：乌贼浮在水面上装死，鸟儿去啄食它，它趁机把鸟儿给吃了——这，这实在是太狡猾，太可恶！你这乌贼！！这段文字最难翻译的地方是那个"卷"字，这是属于绘声绘色的细节描写，但我真的想象不出乌贼是如何把鸟儿"卷"进嘴巴里的。这个说法出现在一本叫作《初学记》的书上。这是唐玄宗时官修的类书，编写这本书的人叫徐坚，是浙江湖州人，进士。"常自浮水上，乌见以为死，乃卷取乌，故谓之乌贼"，这段话虽然出现在徐坚的书里，但不是他原创的，而是辑录的，出自汉代的

《南越记》，作者姓沈。看来徐坚博览群书，并且做学问还是老老实实的。

《南越记》上关于乌贼的记载，估计影响了很多读书人。"秀才不出门，全知天下事"，一些读书人往往通过博览群书来积累知识，他们或许连韭菜与小麦也分不清楚，但照样著书立说，这样就难免以讹传讹。后来有一本《图经》，也不知是哪朝哪代哪个人写的，也承袭了《南越记》的说法，不过有自己的"创新"。

"图经"，其实是一种图书类型，打个不很恰当的比方就是看图识字那种，只不过它不是用来识字的，通常是用来识山川名胜的，也可以识风物，当然还可以识土特产，用现在的话来说就是图文并茂的书。这本年代、作者不详的《图经》，对乌贼是这样让人家来认识了解的："能吸波噀墨，溺水以自卫，使水匿，不为人害。"一句"不为人害"其实已经出现了知识性的错误，因为乌贼喷墨，并不是防人的，而是防海洋深处性情凶猛的鱼类的，譬如鲨鱼啥的。"不为人害"生生把乌贼描述成在小水渠里打浑（把水弄浑）的小泥鳅，让人忍俊不禁。乌贼如果也识字，它肯定表示不服。重点是，《图经》还说：乌贼"性嗜乌，每曝水上，有乌飞过，谓其死，便啄其腹，则卷而食之，以此得名；以其为乌之贼也。"这里跟《南越记》的说法基本相同，区别是用"乌"替代了"鸟"。"乌"与"鸟"容易看错，在繁体字中，相似程度更高。不过根据文中的口吻，《图经》的作者显然是有意作了修正，刻意写成"乌"字的。他觉得用"鸟"字说不通，如果"卷而食之"是鸟，那应该叫"鸟贼"才对；只有它"卷而食之"是乌——也就是乌鸦，那"乌贼"的称呼才是匹配的，才是名正言顺的，才是恰如其分的。

这是乌贼第一次躺着中枪，平白无故让自己与乌鸦结下了梁子。

乌贼第二次被污名化与它的墨有关。宋末元初词人、学者周密写过一本很有名的笔记体著作叫作《癸辛杂识》。《癸辛杂识》记载了许多不见正史的遗闻逸事、典章制度，并涉及艺文书图、医药历法、风土人情和自然现象等，《四库全书总目提要》对它的评价是"究非寻常小说家之可比也"。在这本《癸辛杂识》续集里，有一短文叫《乌贼得名》，说："世号墨鱼为乌贼，何为独得贼名？盖其腹中之墨，可写伪契券，宛然如新，过半年则淡然如无字。故狡者专以此为骗诈之谋，故谥曰贼云。"意思是说，有人拿乌贼的墨当正常的墨汁使用,用它写借条、签合同,结果时间一长,乌贼的墨汁是要褪色的,真正成了一纸空文,上面啥字也没有了,就达到了赖账、诈骗的目的。乌贼的墨汁是不是真的会褪色暂且不论,问题是诓人钱财的是心术不正的人呀,凭什么让乌贼背这个黑锅,让它背上这骂名?

其实,周密写的《乌贼得名》依据的原始资料还是那本沈大人写的《南越志》。《南越志》里说:"乌贼怀墨,江东人取墨书契以给人物,逾年墨消,空纸耳。"两厢对照,周密的文字有所发挥,譬如"宛然如新"呀"淡然无字"呀,但他把"逾年"改成了"过半年",不知是否验证过。更主要的是他把"江东人"这个主语给隐去了,取而代之的是"狡者"。"江东人"是谁呀,就是西楚霸王项羽的老乡——他不是说"无颜见江东父老"呀,这指向实在是太明确了,有地域歧视之嫌。看来周密是个讲舆论导向的人,他知道诓人钱财的仅仅是一小撮"狡者",并不局限于"江东人",他不想把乌贼得罪了的同时把"江东人"也得罪了。唐代的段成式就不是很老练了,他在《酉阳杂俎》里是这样写的:"江东人或取墨书契,以脱人财物,书迹如淡墨,逾年字消,唯空纸耳。"段成式的文字似乎更忠实于《南越记》,基本是照葫芦画瓢，稍有变动而已——他还是把"江东人"给点明了。

乌贼墨或许真的会褪色，历史上有一个叫宋迁的人，写过一首诗《寄试莺》，里面有两句是这么写的："誓成乌鲗墨，人似楚山云。"宋迁感叹山盟海誓并不靠谱，把周边一些读书不多的人唬得一愣一愣的，因为他们并不知道乌鲗墨一词有什么奥秘。宋迁并不是很有名，唯一能确认的是元朝或者元朝以前的人。

但无论"卷而食之"也好，"逾年墨消"也罢，乌贼是躺着中枪的。

被人难看的螃蟹

对于螃蟹来说，一切所谓"横行霸道""横行不法"的词语都是指桑骂槐、借题发挥，并且都是无中生有，而且是不公正的。人们对螃蟹的生活习性是诧异的，超出了自己的经验范围，于是就有了"横行"一说。在人们的印象中，动物走路也好，游动也罢，或者说飞翔，都是朝着眼睛目视的方向，这才是正确的方式。可是，螃蟹偏偏不是这样，它是侧身而走的！"蝉眼龟形脚似蛛，未尝正面向人趋"（宋·朱贞白《咏螃蟹》），用曹雪芹《红楼梦》里薛宝钗的话来说，是"眼前道路无经纬，皮里春秋空黑黄"（《螃蟹咏》）。反正，走路没什么样子。不过我想，倘若按照人类的逻辑，说螃蟹是横行也就罢了，可为什么还要拖着"霸道""不法"的尾巴？这不是血口喷蟹吗？倒是皮日休说了一句公道话："莫道无心畏雷电，海龙王处也横行。"（《咏螃蟹呈浙西从事》）螃蟹就这德行，并不是仅仅"未尝正面向人趋"，而是"海龙王处也横行"。

对汉字来说，螃，其实是一个没有独立身份的字，它单独出现的时候，什么意思也没有。这个字是专门为蟹而造的，属于私人定制。它是蟹的附庸，只有当它与蟹组词成为"螃蟹"的时候，才名正言顺。并且，可以肯定，这个字并不是仓颉造的。《唐韵》是这样介绍"螃"字的:"步光切,音旁。螃蟹,本只名蟹,俗加螃字。"其实,《唐韵》只说对了一半。宋代的陆佃写过一本叫作《埤雅》的书,书中有一篇《释鱼》,说蟹"旁行,故今里语谓之旁蟹"。"旁行"就是"横行"的意思。也就是说,螃蟹最初是被叫作"旁蟹"的。"里语"就是俚语,也就是民间流传的俗语。"旁蟹"符合老百姓的语言特点,通俗简明,直截了当。所以《唐韵》里所谓"俗加螃字"不确切,这个虫字的偏旁肯定是"雅人"加上去的。"雅人"对文字有许多要求,譬如要标音标义,组合起来有整体性,看上去像这么回事情。"旁蟹"一看就是俗的,而"螃蟹"一看就是雅的、规范的。古代的蟹还有一种写法——蠏,所以"雅人"就把这虫字加在旁边了。要是知道这蟹字后来大家都这么写了,"雅人"非气得吐血不可,并且一定会把虫字摁到"旁"的底下去。

有一个著名的(千万不能说是知名的)寓言叫"坐井观天",出处是《庄子·秋水》。井底之蛙曾跟东海之鳖促膝谈心,并语重心长地说:"……还虾、蟹与科斗,莫吾能若也。"这段话的意思就不解释了,反正是青蛙自我感觉良好,觉得混得不错,比它差的大有"虫"在。它说的"科斗",后来慢慢"规范"成"蝌蚪"了。还有"庄周梦蝶",在《庄子·齐物论》里,原话是"昔者庄周梦为胡蝶,栩栩然胡蝶也"——他说的是"胡蝶",而不是"蝴蝶"。呵呵,可见,在"雅人"眼里,连庄子这样名存千古的大家都把"科斗"以及"胡蝶"写俗了,非得加上虫字旁不可,何况是里语的"旁蟹"。"坐井观天"的寓言,其实还透露了一个容易被人忽视或者忽略的信息:在井底之蛙眼中,自己相对蟹来说,还是有心理上的优越感的。

"雅人"技痒,带动手痒,看见"不规范"的字就加偏旁,有时候难免弄巧成拙,正所谓"常在河边走,哪能不湿鞋"。譬如"蚂蚁"。马蚁,"蚁之大者"。唐代的段成式在《酉阳杂俎》里说:"秦中多巨黑蚁,好斗,俗呼为马蚁。"明末清初的学者张岱在其百科类著作《夜航船》中,也是写成马蚁的:"……水中浮萍晒干,熏蚊子则死。马蚁畏肥皂。蛇畏姜黄。稻草索悬数条于壁上,则蝇不来……"但"雅人"看"马蚁"二字就是不顺眼,就画蛇添足地给"马"字加了个虫字旁,弄得清代的翟灏在《通俗编》里大发感慨:"马蚁为蚁之别种,而今以概呼凡蚁,且益虫旁为蚂字,举世相承,不知其非矣。"我仿佛看到了翟灏在书桌前捶胸顿足、痛心疾首的样子。

　　跟蚂蚁相比,螃蟹算是幸运的。因为不管是海水里的还是淡水里的,你螃蟹都是"旁行"的,给你加个虫字旁,"举世相承,不知其非矣",不是正好掩盖你的名字其实来自绰号?

　　螃蟹因为"旁行",所以一直被人难看,被人们拿来说事,比喻坏人坏事。其实,从生物的习性来看,螃蟹对人类还真没干过什么伤天害理的事情。人们不待见它,八成是被生前的它那张牙舞爪的蟹脚钳伤害过。远古的人怕它的凶相,觉得不好下手制服它,就拿它走路的样子来传播它的负面形象,也算是一种精神胜利法吧。也许,只有螃蟹成为美食摆上餐桌的时候,人们才把螃蟹张牙舞爪、夺路横行的秉性给遗忘了,那个时候不是"难看"而是"青睐"了。《红楼梦》中另外一首《螃蟹咏》是这么说的:"螯封嫩玉双双满,壳凸红脂块块香。"跟前面那首所说的"眼前道路无经纬,皮里春秋空黑黄",有天壤之别。

　　吃货永远是吃货,即使吃了再多的螃蟹,也就停留在舌尖的体验中。倒是鲁迅先生从螃蟹身上看出些端倪来:"譬如吃东西罢,某种是毒物不能吃,我们好像全惯了,很平常了。不过,这一定是以前有多少人吃死了,才知道的。

所以我想,第一次吃螃蟹的人是很可佩服的,不是勇士谁敢去吃它呢?螃蟹有人吃,蜘蛛一定也有人吃过,不过不好吃,所以后人不吃了。像这种人我们当极端感谢的。"鲁迅先生就是厉害,从螃蟹想到了尝试,想到了前人冒着生命危险的探索,否则怎么叫作伟大的思想家和文学家呢?

  这段话出自鲁迅先生在辅仁大学的一个小小演讲——时间并不长。有粉丝把内容记录下来,经过鲁迅先生审订,大约一星期后在北京《世界日报》的《教育》栏目里发表了——篇幅也不长,题目叫作《今春的两种感想》。这是1932年的事情。其实鲁迅先生演讲中的"两种感想",螃蟹不是主角,没螃蟹什么事,说的是"认真点"和"眼光不可不放大,但不可放的太大"。鲁迅先生觉得这"两种感想"的获取是用"极大的牺牲换来的",于是接下来说了上述这些话。事情往往是阴差阳错的,许多人根本不知道鲁迅先生当年对辅仁大学的青年学生叮嘱了什么,为什么要这样叮嘱,叮嘱的时候举了什么样的事例,倒是记住了"第一次吃螃蟹的人是很可佩服的"这样一种意思,并且往往喜欢往"敢为天下先"方面引用。这算是得鱼忘筌,还是买椟还珠?我觉得,这已经很难说清楚了。

鲁迅先生在这段话中把蟹和蜘蛛进行"类比",倒是与宁波人的忖法不谋而合。记得有这样一个宁波老谜语:天上一只箩,箩里一只蟹。谜底就是蜘蛛。蜘蛛与螃蟹虽然不能说形似,但的确有那么几分神似。

就事论事,鲁迅先生激赏"第一次吃螃蟹的人",关键在于螃蟹在成为人类舌尖上的美味之前,人们对它难看久矣,不顺眼久矣,面对吃相怕人的螃蟹,又恨又怕,咬牙切齿又一筹莫展。

现在,人们实际上对螃蟹已经不再难看了,因为螃蟹的大钳子对人类来说已经是黔驴技穷了。倘若还难看,无非是在精神层面上批判螃蟹的横行霸道,毕竟这是老祖宗传下来的古训;而另一方面呢,则在食欲层面上品尝螃蟹的美味可口,这样哪个方面都有所收获。

饮者与螃蟹相对着,中间,隔着酒杯。但遗憾的是,隔着酒杯相对着的并不一定是知己,螃蟹仅仅是饮者的佳肴,而已。

蛤蜊,有故事的海鲜

小时候，我们用过的一种护肤品，叫作蚌壳油，它的包装用的是蛤蜊壳。用来装护肤品的蛤蜊壳，整体呈乳白色，当然肯定还有几条淡褐色的水波形的条纹，看上去色泽温润、线条流畅，让人觉得搽了里面装的雪花膏，皮肤也一定会像它那样"的滑"。

蛤蜊是蛤的一种，但可以肯定的是它绝对不是《礼记·月令》里说的那种。《礼记》是一本老资格的书，它是可以与《论语》《春秋》《尔雅》称兄道弟的书，是老底子图书分类里被称作"经"的书。《礼记·月令》里说："季秋之月，日在房，昏虚中，旦柳中……鸿雁来，宾爵入大水为蛤。鞠有黄华，豺乃祭兽，戮禽。"这文字真的不太好懂，除了第一句"季秋之月"有点像现代汉语，"日在房，昏虚中，旦柳中"简直是《九阴真经》里的那段梵文。我不妨滥竽充数地来翻译一下："九月份，太阳运行的位置在房宿；黄昏时，虚星位于南天正中；拂晓时，柳星位于南天正中……"其实这都不是重点，重点是"鸿雁来，宾爵入大水为蛤"。爵，古代通"雀"；"大水"，就是大海。意思是说，雀鸟继续南飞，雀进入大海变为了蛤。也就是说，海里的蛤是麻雀变的。根据麻雀羽毛的颜色，灰不溜秋的，我觉得说的应该是花蛤吧？这里发一点感慨，即使是被奉为"经"的书，记述的内容也不一定百分之百靠谱。

其实蛤蜊之类的东西，我们祖先早就开始食用了。韩非子写过一篇叫作《五蠹》的文章，开头部分说的是"上古之世"的事情："民食果蓏蚌蛤，腥臊恶臭而伤害腹胃，民多疾病。"那时候蚌蛤是生吃的，十有八九会拉肚子，所以说"伤害腹胃，民多疾病"。韩非子接下来又说："有圣人作，钻燧取火以化腥臊，而民说之。使王天下，号之曰燧人氏。"韩非子的文章说的是"使王天下"的故事和道理，只不过"民食果蓏蚌蛤"被举作了例子而已。但这透露了一个信息：蛤蜊与人类的关系是源远流长的。

蛤蜊是好东西，皇帝常常用它赏赐大臣，以表示"朕很看得起你"。当然，这样的赏赐不是在朝堂上进行的，是派太监送到大臣府上的。大臣收到赏赐，并不是说一声"谢谢"就可以了事，得写一纸感谢信一样的回执。唐玄宗很看重李林甫，今天"赐臣生蟹一盘"，明天又"赐臣车螯蛤蜊等"，让李林甫觉得"适口之异，无时不霑；骇目之珍，每日皆遇"，真正是受宠若惊。

所谓"车螯蛤蜊"，是两种贝壳类海鲜。车螯，也是一种蛤,它的壳璀璨如玉,还有一些斑点。"车螯蛤蜊",一直被视作海味珍品。梁元帝萧绎(508—555)曾经用骈文的形式,写过一篇《谢赉车螯蛤蜊启》:"车螯味高食部,名陈物志;蛤蜊声重前论,见珍若士。并东海波臣,西王母药。雀文始化,燕羽犹在;体润珠胎,形随月减。"

前两句就是夸"车螯蛤蜊"的珍稀。文中的"雀文始化,燕羽犹在",说明萧绎是知道"鸿雁来,宾爵入大水为蛤"的典故的。当然,那时候萧绎还不是梁元帝,因为题目里有一个"谢"字,还有一个"赉"字。"赉"就是赏赐。谁能赏赐给皇帝?谁又能承受得起皇帝的"谢"字?

所以,只能是唐玄宗赉赐李林甫的,不能反过来。受到唐玄宗恩宠的李林甫,得给皇帝写感谢信呀,于是就有了如下文字:

内品官叶惠仙至,奉宣圣旨,赐臣车螯蛤蜊等,仍令便造膳,适中使赐臣水豚肉一合。伏自滥陪巡幸,累沐殊私,每荷天恩,曾不逾日,或承海味,或降珍鲜。况皆圣主传芳,王人调饪,薄效无裨于涓滴,厚施转积于邱山。昔周美康侯,特霶蕃庶之锡;汉崇张禹,亟覃赐馔之荣。才不逮于前贤,而遇每深于曩眷,虽竭心尽节,何答生成?

之所以全文实录,就是想让大家原汁原味地见识一下,这类应用文究竟是怎样写的。

大臣收到皇帝赐食,就如同如今的小学生春游,高兴是高兴,但郁闷的是必须交作文一篇。但李林甫有办法,他是叫他的秘书苑咸代笔的。所以,当这篇文字收录到《全唐文》的时候,题目成了《为李林甫谢赐车螯蛤蜊等状》,作者署名自然也是苑咸。看来这种代笔,也是公开的秘密。只是不知道,当年的唐玄宗,知道不知道这个秘密。

有一次,唐玄宗派了三拨人,到李林甫府上送吃的。先是"内官赵承晖至,奉宣圣旨,赐臣车螯蛤蜊等一盘";接着"赵臣忠至,又赐生蟹一盘";最后"高如琼至,又赐白鱼两个"。这次,唐玄宗送的,又有"车螯蛤蜊"。苑咸似乎有预感,皇上送的不仅仅是"车螯蛤蜊",可能还有别的。果然,接踵而至的是生蟹、白鱼。于是,苑咸把李林甫对三拨人送来皇上赏赐的感谢,合并写成了一纸。乖乖,亏得有预感,没有一一回复,否则得写文案三篇,哪来这么多感恩戴德又不能重复的词?再说,享受口舌之福的是李林

甫，受笔墨之累的却是俺苑咸。

蛤蜊是好东西，那饭局上必须有它呀，宴席才上档次。历史上很有意思的一次饭局，就涉及蛤蜊，说的是王融和沈昭略之间的故事。

王融，南朝文学家，自幼聪慧过人，博涉古籍，富有文才，《南齐书·王融传》说他"文辞辩捷，尤善仓卒属缀，有所造作，援笔可待"。所谓"尤善仓卒属缀"，就是说即使临时抱佛脚，他照样可以把活儿干得漂漂亮亮的。这王融如果晚出生两百年，估计也会被李林甫看中，叫他当自己的秘书。这样，哪怕唐玄宗一天叫人送十次海鲜，也一定一一回复，绝不把答谢的话并在一起。像王融这样有才的人，多少是有点自负的；当然，也有自负的资格。

问题是，他碰到了沈昭略。

沈昭略何许人也？《南史》说他"性狂俊，不事公卿，使酒仗气，无所推下"。狂人呀。有一次，他碰到王景文的儿子王约，眼睛瞪得比田螺还大，说："汝是王约邪，何乃肥而痴？"王景文是南朝刘宋名高一时的重臣，王约作为他的儿子也算是高干子弟，沈昭略一见面就说人家胖乎乎傻乎乎，也够"狂俊"的了。王约算比较老实的，就应了一句:"汝沈昭略邪,何乃瘦而狂?"这样的应答最多算是防守反击了。不料沈昭略不但哈哈大笑,还得寸进尺地说:"瘦已胜肥,狂又胜痴。奈何王约,奈汝痴何!"可见,沈昭略是一个爱逞口舌之快的人。

那天,另一个高干子弟王僧祐在家里搞了一个饭局,王融和沈昭略就历史性地碰到了一起。为什么说是"历史性地",因为他们的会面为后世留下了一个成语——且食蛤蜊。当时,沈昭略不认识王融,"屡顾盼"。用现在的话来说,瞟了一眼,又瞟了一眼。最后终于忍不住了,问主人家:"是何年少?"这一问,青年才俊王融算是被激怒了,大发感慨:"仆出于扶桑,入于汤谷,照耀天下,谁云不知,而卿此问?"王融这段话也是自负到了极点,觉得自己的名气如日中天,光耀天下,谁人不知,你居然问出"这是哪个小孩"这样幼稚的问题,你难道是白痴呀——当然,后面那句话他没有说出口,但他心里一定是这么想的!

这次,沈昭略换了套路,没有像作弄王约那样作弄王融,只是淡淡地说了八个字:"不知许事,且食蛤蜊。"——这么厉害?可惜,俺没听说过!这蛤蜊倒是很新鲜,快吃快吃。哈哈,"狂俊"的人也会使用软钉子。

于是,"且食蛤蜊"成了准成语。《儿女英雄传》第三十回有这样一段描述:"公子听得这话有些扎耳朵,便端起杯来又饮了一口,道:'且食蛤蜊。'"哈哈,看来话不投机的时候,都可以来一句"且食蛤蜊",即使面前摆的是一碟猪头肉,或者是一盘花生米。

鲎 的老古

夏天，雷雨隔田塍，往往是东边日出西边雨，这样的气象条件往往能够见到赤橙黄绿青蓝紫的彩虹。虹，宁波老话叫作"鲎"。并不是所有的方言都能进入字典的，但是鲎进入了，老版本的《新华字典》就有这样的解释：方言，虹。当然，用来解释"虹"只是鲎的"兼职"，它的主要身份是"节肢动物，甲壳类，生活在海中，尾坚硬，形状像宝剑"。

现在再把鲎当作海鲜似乎有些不合时宜，因为它是国家二级保护动物，享受的待遇是"禁止任何单位或个人非法捕杀、收购、加工、携带"。也就是说，把它当宠物养起来，也不一定是合法的。但是古代的人并没有把它当宝贝，大家把它跟蟹做比较，觉得它肉还没有蟹多，顶多只能做蟹酱——不，是鲎酱。当然，这是海边人的想法。《酉阳杂俎》卷七《酒食》提到过鲎酱，把它归入下酒菜，并不是想象中过泡饭的低端下饭。不是海边人，则是容易把鲎酱当作稀罕之物的。譬如杨万里，写过一首《鲎酱》："忽有瓶罂至，卷将江海来。玄霜冻龟壳，红雾染珠胎。鱼鲊兼虾鲊，奴才更婢才。平章堪一饭，断送更三杯。"一副喜不自禁的样子。

唐朝的刘恂在《岭表录异》介绍鲎的时候，用了两个比喻："其壳莹净，滑如青瓷碗"以及"鏊背"。第一个比喻比较好懂，壳的圆润光洁的质感仿佛已经触摸过了。第二个比喻"鏊背"——鏊一样的背，稍微有些生僻。鏊，其实是一种锅，一种铁制的烙饼的炊具，平面圆形，中间稍凸。《水浒传》第一百〇四回《段家庄重招新女婿 房山寨双并旧强人》里有这样一段描写："范全在那里叫苦叫屈，如热鏊上蚂蚁，没走一头处。"由于"鏊"字生僻，后来有些版本干脆把"如热鏊上蚂蚁"改成了"如热锅上蚂蚁"，以示通俗易懂。但是，往往是这样"好心"的改动，既不尊重作者，也让喜欢学习的人失去了查字典的机会。刘恂的两个比喻，把鲎的大致形态给勾画出来了，接着他进行了细部描述："眼在背上，口在腹下。青黑色。腹两旁为六脚。有尾长尺余，三棱如梭茎。"基本上把鲎的怪里怪气的模样给说清楚了。刘恂还写到了鲎的习性："雌常负雄而行，捕者必双得之。若摘去雄者，雌者即自止；背负之，方行。"最后归结到"吃什么""怎样吃"这个流传千古的"民以食为天"的问题上："腹中有子如绿豆。南人取之，碎其肉脚，和以为酱，食之。"当然，刘恂还不忘提供辨别鲎的雌雄的"小贴士"："尾中有珠如栗，色黄。雄小雌大，置之水中，即雄者浮，雌者沉。"至于靠谱不靠谱，那又另当别论了。

现在人们常说"秀恩爱死得快"，鲎不幸被言中。刘恂所说的"雌常负雄而行"，就是鲎在近海潮间带的沙滩上产卵时发生的事情。一些没有找到伴侣的单身鲎，对那些成双搭对的鲎肯定是羡慕嫉妒恨，自己孑然一身，只能留守在深海里独自彷徨；殊不知，宅家的单身鲎却少了被人"掠鲎"的危险。"掠鲎"的意思，在南方方言中近似宁波老话中的"拘奸"，就是鲎在近海潮间带交配的时候，被渔民给捉拿了，逮个正着。不过，实际上"雌常负雄而行"是鲎繁殖后代时的分工协作，雄鲎以脚须抱住雌鲎，雌鲎以附肢挖坑产卵——雄鲎起的是脚手架的作用；当雌鲎产卵完毕，雄鲎才排精在卵上，是一种体外受精。产卵后，雌雄分开——但往往还没有分开，就被狡猾的人类给逮着了。宁波老话里有"漏吼"（字属于同音替代）一词，也作"希里吼漏"，意思是"言行或想法出奇，不合常理"；而"掠鲎"作为"拘奸"的代名词的时候，就是指不合常理的"出格"行为。不知道"掠鲎"是不是宁波老话"漏吼"的正字？

关于"雌常负雄而行"，古人也有不明就里的，譬如《物

类相感志》说:"牝牡相随,牡者无目,得牝才行。牝去牡死,故江东取一,必获偶。"这是另类的哥德巴赫猜想,把雄鲎当瞎眼了,雄鲎必须依靠雌鲎才得以出行,雌鲎是富有家庭爱心的道德模范。这美好地把雌雄双鲎看作是相濡以沫的比翼鸟、并蒂莲。可想而知,作者虽然缺乏科学的认识,思想意识倒是绝对纯洁的。《物类相感志》这本书很有意思,作者署的是苏东坡(1037—1101)的名字,但苏东坡的年谱上查不到写过这样的书,所以又有人认为是大宋高僧赞宁(919—1001)写的。漫漫历史长河,也不知道是谁把锅甩给苏东坡背的,让后来的学者为了《物类相感志》真正的作者是谁而争论不休,莫衷一是。

  按刘恂的说法,鲎脚用来揉酱,那"莹净滑如青瓷碗"的鲎壳难道扔了?这不是暴殄天物嘛。不,古人也很讲究人尽其才、物尽其用的,鲎壳是可以用来做酒杯的。很有名的陆游写过一首不怎么有名的诗,叫作《近村暮归》:"莫笑山翁雪鬓繁,归休幸出上恩宽。鲎樽恰受三升酝,龟屋新裁二寸冠。僧阁瀹茶同淡话,渔舟投钓卜清欢。还家欲作诸孙赠,村路累累柿未丹。"这首诗有个关键词,就是"鲎樽"。说它关键,并不是我为了写这篇文章而硬贴的标签,陆游当年也是这么想的,他怕别人看不懂,自己做了注解:"鲨樽,即皮袭美所云诃陵樽也。""皮袭美"就是晚唐文学家皮日休,字袭美;而"诃陵樽"就是"诃陵"生产的酒杯。诃陵,是古南海的地名,据说当时还算是一个小国家,看来只有那里的人才掌握了把鲨壳制成酒杯的核心技术,或者说是那里的人最早把鲨壳制成了酒杯。大唐的皮日休说"诃陵樽",大宋的陆游在诗里明明写的是"鲨樽",仍不忘注上一笔"皮袭美所云诃陵樽也",说明原产地标识意识还是很强的。

鲨壳除了做酒杯,还可以用来做扇子。清朝乾隆嘉庆间的通俗小说《终须梦》,署名为"弥坚堂主人编次",在第二回《逃迁后家贫葬父》里有这样一段文字:"梦鹤随在膝前,时已有五岁,诸客观他灵敏,有一人把手中所执之扇,戏而问之说:'小儿,你晓的这是什么扇?'梦鹤道:'是鲨壳扇。'"梦鹤是一个五岁的小孩,客人以为他年幼无知,想捉弄他,逗他一逗,结果他回答正确。可见,鲨壳能做扇子,是老少咸知,而这个聪明伶俐的梦鹤,就是"少"的代表。

其实,最早对鲨进行相对完整的描述的应该是东晋的郭璞。郭璞对《山海经》进行了整理，并做了精细的注释工作，对后人了解《山海经》原文有极大帮助。郭璞在《山海经注》中是这样说的："鲎鱼形如惠文冠，青黑色。十二足，长五六尺，似蟹。雌常负雄，渔子取之，必得其双。子如麻子，南人为酱。"惠文冠，是古代武官所戴的帽子，相传是战国时赵惠文王"发明"的，所以就这么叫上了。

郭璞说"鲎鱼形如惠文冠"，刘恂说鲎是"鳌背"——鳌一样的背，如果我调皮捣蛋一下，把它们进行类推，那么古代武官所戴的惠文冠，形状就像是人们烙饼的锅。想想也是，古代的武将，大多是为皇帝背锅的；并且不是一般的锅，是烙饼的锅，翻来覆去。

带鱼 吃肚皮

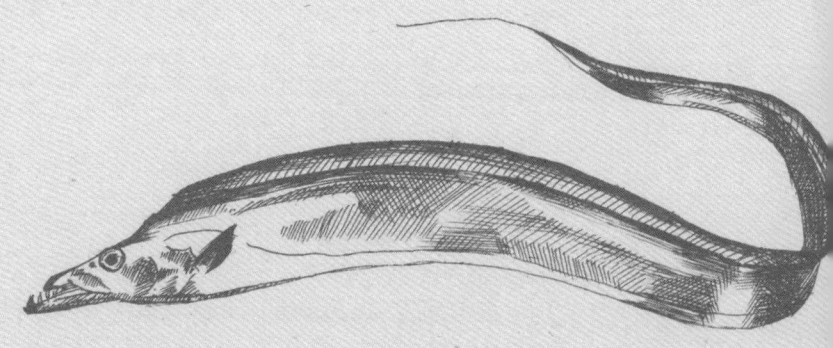

"带鱼吃肚皮",是一句宁波老话。带鱼的肚皮口感绵软,既不需要挑鱼刺,也不需要剔鱼骨,所以,它的味道是无可挑剔的。"带鱼吃肚皮"这句话往往不是单独出现的,而是作为上句。下句有两种接法,一种是"黄鱼吃脑髓"——这里的"髓"字,宁波话里不念 suǐ,念 xī,跟"皮(pí)"还是相当押韵的。

宁波人发音有许多"自造腔",譬如"屋北鹿独宿",看上去是一诗句,其实是韵脚"速记",也就是说"屋北鹿独宿"在宁波话发音中是押韵的(在普通话里,"北"跟其他几个字是不押韵的)。《四明清诗略》里录了虞瑞龙的一首题为《冷落》的诗:"冷落几间屋,窗开南与北。风过榻生凉,人静伴麋鹿。迢迢山青色,寂寂我吟独。烟雨晚来秋,渔舟傍岩宿。"在宁波方言中,既然"北"跟"鹿独宿"押韵,那么"髓"跟"皮"押韵也就"天然合理"了——"英雄不问出处"。

"带鱼吃肚皮,黄鱼吃脑髓",一看就是吃货的经验之谈,其中的缘由却没有流传下来,这多少是一种遗憾。

"带鱼吃肚皮"另外一种接法是"闲话讲道理"。"带鱼吃肚皮,闲话讲道理"——一看就是警句、格言,如果不能算"醒世恒言",至少也是"喻世明言",正所谓"有理走遍天下,无理寸步难行"。这也是带鱼的骄傲——世界上这么多鱼:(海里的)黄鱼、鲳鱼、橡皮鱼……(河里的)鲢鱼、鲇鱼、乌鳢鱼……宁波人偏偏选中了带鱼来说事!

也许有人会说"带鱼吃肚皮,闲话讲道理"前后两句话八竿子打不着,是"前言不搭后语",是"牛头不对马嘴",是"风牛马不相及"。有这样想法的人显然把修辞这茬给忽略了。《诗经》的开篇"关关雎鸠,在河之洲。窈窕淑女,君子好逑",前后两句也是不搭介的,但这叫"比兴"。宁波老话中运用比兴的多的是,譬如"门口一埭河,媳妇像阿婆",说的是入乡随俗、潜移默化的改变,结果把门前的一条河也给捎带上了。

为什么被宁波人顺口一说,比兴了一下,是带鱼的荣幸和骄傲呢?因为带鱼在古代并不是上台面的海鲜。明朝有个文人叫谢肇淛,他写过一本《五杂俎》的书,把带鱼说得"一屁不值":"闽有带鱼,长丈余,无鳞而腥,诸鱼中最贱者,献客不以登俎。然中人之家用油沃煎,亦甚馨洁。"这里有几点值得注意:"长丈余"——如果这"丈"相当于现在的"十尺"的话,那么那时的带鱼有两三米长;

"诸鱼中最贱者,献客不以登俎"——这容易让我想起孙山那句颇为自得的话:"解名尽处是孙山,贤郎更在孙山外。"也就是说在招待客人的菜谱(或者称"鱼谱"更合适)里,带鱼是名落孙山的,是不好意思拿出来请客的;"中人之家用油沃煎,亦甚馨洁"——古人吃带鱼,不是清蒸,也不是红烧,首选是油煎,就是不知道事先是不是用盐捋一把。

清朝的赵学敏写过一本《本草纲目拾遗》,是给明朝李时珍写的《本草纲目》查漏补缺的。赵学敏自然是把带鱼当作了中药的一种,他是这样来描述带鱼的:"出海中,形如带,头尖尾细,长者至五六尺,大小不等,无鳞,身有涎,干之作银光色,周身无细骨,正中一脊骨如边箕状,两面皆肉裹之,今人常食为海鲜。"这里的描述与《五杂俎》对照一番,"长者至五六尺,大小不等"似乎比"长丈余"更靠谱,而"今人常食为海鲜"似乎也破除了"献客不以登俎"的禁忌。

古籍中对带鱼的记述可以追溯到南唐陈致雍写的《海物异名记》,它对带鱼的描述是"修若练带"。不过这本书早已佚失。好在宋朝的曾慥编了一本笔记小说总集《类

说》，收录了《海物异名记》里的十三条记述，使后人知道有人在感叹"春花秋月何时了，往事知多少"的时候，带鱼已经进入那个年代的博物学家的视野了。

从『生病黄鱼』说起

这也许是最冤枉的指代。一个人体弱多病，经常一副病恹恹的样子，面色也红润不到哪里去，面容蜡黄，就被叫作生病黄鱼。宁波人的标准说法是"生病黄鱼介"。

为什么有个"介"字？这个"介"字，是传统戏剧脚本里表示情态动作的词，可以说是戏剧术语。南戏、传奇剧本里关于动作、表情、效果等的舞台指示都用这个"介"字，譬如角色要笑一笑，就标明"笑介"，喝老酒就标明"饮酒介"。

我们不妨见识一下元朝的戏文《宦门子弟错立身》中的一段脚本："（末上）厅上一呼，阶下百诺。（介）（生分付叫去介）（末介）……"

这里的"末""生"，即"生旦净末丑"中的相应角色。

脚本中第一个"（介）"，表示舞台要出现"阶下百诺"的效果；第二个"（生分付叫去介）"，表示"生"角做出叫"末"角过去吩咐一下的动作；第三个"（末介）"，表示"末"角在接受"生"角的吩咐。

因为戏曲舞台表演高度虚拟，喝酒是没有酒杯的，就一捏酒杯的手势往嘴里一凑的动作，所谓吩咐，没实际台词，就装装指手画脚的样子，所以这"介"就有类似于

"……一样""……似的"意思。

宁波人把"介"字拿来当日常用语了,就有了"生病黄鱼介"的说法。当然,还有其他用法,譬如"狐狸精介""猢狲精介""猪猡介"——蓦然发现,宁波人用"介"比拟的,似乎都不是什么好东西。所以说,黄鱼很冤枉,尤其是跟生病联系在一起。

能到人们餐桌上的黄鱼,肯定是健康得不得了的黄鱼。不仅仅是黄鱼,所有野生的海洋鱼类都一样。你想想,鱼儿产下的卵,许多都成了别的鱼儿的美食,它能存活,说明它运气好。当它是小鱼的时候,没被大鱼吃了,说明它游泳的速度、"肺活量"啥的都是没话说的,身体倍儿棒!它在壮年的时候参加了千里洄游,经历了惊涛骇浪,这哪是一条病恹恹的"生病黄鱼"所能胜任的?!所以野生的鱼有精气神,吃了将补。

黄鱼现在是下饭,但曾经有人当饭吃过。那是"阖闾十年"的事情,出自一本叫《吴地记》的书。

阖闾是春秋时吴王的名字。"阖闾十年"的确是很久很久以前,吴王阖闾元年是公元前514年,那么"阖闾十年"就是公元前505年,指末头掰掰算一下,距今有两千五百多年。

"阖闾十年,东夷侵吴,王亲征之。"外夷入侵,吴王是亲自出马披挂上阵的。东夷不是吴军的对手,只能落荒而逃,一逃就逃到海岛上。其实也不是什么像模像样的岛,也就是沙洲而已。吴王是"宜将剩勇追穷寇,不可沽名学霸王"——当然,那时候西楚霸王还没有出生,没什么可以学的——"吴亦入海逐之,据沙洲上,相守月余"。

问题是"相守月余",军粮成了难题。好在吴王有办法,懂法术,只要点上一炷香,对着苍天念念有词,军粮问题就解决了。不是天上掉馅饼,而是海面上黑压压(其实应该是"金灿灿")地来了一大群黄鱼。多到什么程度?"水上见金色逼海而来,绕吴王沙洲百匝。"这下,黄鱼可以当饭吃了。

这也许是史上最奇特的军粮,按当下的价格计算,可以说是最奢侈的军粮。一分耕耘一分收获,谁作法谁得益,吴军"得鱼食之美,三军踊踊",而"夷人一鱼不获"。

夷人饿饿煞,馋馋煞,这仗没办法打了,也用不着打了,投降吧,"遂送降款"。既然人家投降了,书中记载,"吴王亦以礼报之"。本以为吴王会分一杯羹——一杯黄鱼羹给夷人尝尝，没想到，"乃将鱼肚肠以咸水淹之，送与夷人"。让他们吃腌制的鱼肚肠，不知道鱼鳔（也就是宁波人所说的"黄鱼胶"）在不在其中？如果在，当时勉强可以算是优待俘虏；搁现在，那是款待俘虏了。

也别说，过了三四百年，到汉武帝时，鱼肚肠竟然成了很好吃的东西。

某一年，"汉武帝逐夷至于海滨，闻有香气而不见物"。"令人推求"——派人去看看，才知道"乃是渔父造鱼肠于坑中，以至土覆之，香气上达"。"取而食之，以为滋味"——好东西呀！好东西得有个名字吧，因为是"逐夷得此物"，所以就叫它"鰔鮧"，"盖鱼肠酱也"（《齐民要术》）。

这"鰔鮧"的命名方式也够任性的了，就"逐夷"二字分别加上"鱼"字旁而已，乍一看，还没鱼肚肠什么事。

"鰔鮧"是后话，当年的吴王阖闾"逐夷"沙洲打道回府以后，歌舞升平，喝喝美酒，搂搂美女，突然想起出征时绕沙洲百匝的黄鱼：难道没一丁点剩余的？左右忙说，有，有，全部都晒成了干。吴王品尝了黄鱼干以后，觉得味道实在是太好了，就写了两个字"美""鱼"。古代写字从上到下，吴王可能两个字黏得拢了，仿佛就是一个字，于是

这个字就成了后来的"鲞"字。所以按《吴地记》作者的说法,"鲞"的标准写法是上面一个"美"字,下面一个"鱼"字,"今从鲞,非也"。明末清初著名学者、藏书家张自烈(1597—1673)编纂的字典《正字通》,在解释"鲞"的时候——当时还是写作"鮺",特意说明"俗'鮺'字",似乎印证了《吴地记》的说法。

《吴地记》这部书,通常认为是唐朝的陆广微写的,但后来的学者或伪学者、专家或砖家考证来考证去,反而弄不清楚作者及成书年代了,至今聚讼未决。是的,许多所谓做学问的,不是靠黄鱼吃饭,是靠一本书吃饭,所有问题水落石出了,饭也就没的吃了。

头里有颗石子的 石首鱼

如果《吴地记》的记述靠谱，吴王阖闾不但发明了"鲞"字，还为黄鱼起了一个名字：石首鱼。《吴地记》中的原话是这样的："吴王见脑中有骨如白石，号为石首鱼。"

石首鱼这种称呼，现在还在用，不过与黄鱼形成了属概念和种概念的关系。什么叫属概念？什么叫种概念？打个比方，"工人"是属概念，"建筑工人"是种概念。建筑工人肯定是工人，但工人不一定指建筑工人。石首鱼也一样，黄鱼肯定是石首鱼，但石首鱼不一定指黄鱼，头里有一块像石头一样的骨头的鱼都是石首鱼。

现代生物分类的隶属关系是界、门、纲、目、科、属、种。石首鱼是"科"一级的，叫"石首鱼科"，下面是"黄鱼属"，再下面才是"种"，涉及具体的鱼，譬如大黄鱼、小黄鱼。不过中国古籍中称石首鱼的，通常说的就是黄鱼。这块黄鱼头里的骨头，到了郎中手里，就叫鱼脑石，它的特点是"味甘、咸，性寒"，功效是"利尿通淋，清热解毒"。

宁波的咸齑黄鱼现在是很有名气的，其实在宋代，宁波的黄鱼也是有名气的。南宋笔记作家吴曾，在《能改斋漫录》中写过一篇《石首鱼》，文中说："两浙有鱼，名石首，云自明州来。""两浙有鱼"，这范围很大，但最后落脚于

"自明州来",可见宁波黄鱼的名气。不过宁波不出产黄鱼,套用一句现在的广告词,宁波仅仅是海洋的搬运工。

吴曾是个博学之人,他的《能改斋漫录》,记载史事异闻,辩证诗文典故,解析名物制度,引述重要作家的逸诗、逸文,保存了若干有关唐宋两代文学史的资料,资料丰富,援引广博,对研究唐宋文史有重要参考价值,在南宋笔记著作中堪称佳本。《四库全书总目提要》称《能改斋漫录》"几与洪迈《容斋随笔》相埒"。埒,就是等同,并立。譬如"埒名"就是"齐名","埒美"就是"媲美"——这些词在《现代汉语词典》里查不到,是"古代汉语"。这一评价不可谓不高。

但是,像吴曾这样一个博学之人,在《石首鱼》一文中苦恼的是,"问人以石首之名,皆不能言"。其实,吴曾卖了一个关子,接下来,他悠悠地说"予偶读张勃《吴录地理志》载"——原来他知道答案!《吴录地理志》是这样说的:"吴娄县有石首鱼,至秋化为冠凫,言头中有石。"吴娄在太湖边,那里的石首鱼,到秋天时会变成野鸭——假设这个说法成立,它说的肯定是淡水鱼,跟"自明州来"的石首鱼不是同一品种。我觉得,吴曾先生很可能张冠李戴了。接着,吴曾又引用了《太平广记》《岭表录异》,算是把"石首之名"的疑惑给解了。其中,《岭表录异》的描述绘声绘色:"脑中有一石子,如荠麦,莹如白玉。"把大小、色泽都说清楚了。但是,博学的吴曾竟然没有引用《吴地记》里的记述!我觉得,《吴地记》里的石首鱼跟"自明州来"的石首鱼才是同一类的。

《岭表录异》在介绍"石首鱼,状如鳙鱼"的时候,顺便记叙了一桩逸事:"有好奇者,多市鱼之小者"——专拣小的石首鱼买。买来也不是用来吃的,"贮于竹器,任其坏烂"——这不是脑子有毛病呀!那倒不是,等鱼肉烂了,"即淘之,取其鱼脑石子"。干什么呢?"以植酒筹"。酒筹,是古人饮酒时用以计数或行令的筹子,一般是用竹片或木片制作的。现在,用"鱼脑石子"来当酒筹,作者觉得"颇为脱俗",让人耳目一新。

不过,这段文字读下来,觉得那些"好奇者"的脑子还是有点问题。倘若把鱼买来烧了吃了,马上就可以得到"鱼脑石子",时间上也比"任其坏烂"来得快,又不至于糟蹋了味美的鱼肉,何乐而不为?难道是担心经过烹饪,"鱼脑石子"给烧坏了?如果是这样,弄一条鱼试一下,不就知

道了呀。

　　我所知道的《吴地记》里有关石首鱼的记述，其实来自另外一本书——明代陈耀文的《天中记》。查了一下陈耀文的"简历"，有"宁波、苏州同知"的经历。同知为知府的副职，用现在的话来说是"副知府"，正五品。不知道陈耀文老先生是不是实际到宁波来履职了，如果来过，估计他一定吃过宁波的咸齑大黄鱼——我这个判断，肯定比石首鱼"至秋化为冠凫"来得靠谱。

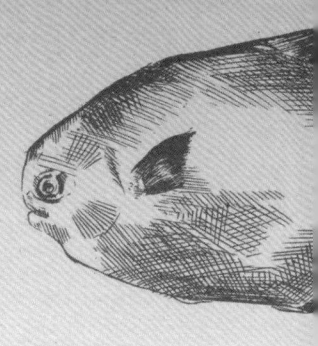

唐朝人是怎样吃**鲳鱼**的

唐朝人是怎样吃鲳鱼的？唐昭宗时代的广州司马刘恂推荐的吃法是煮粥吃。刘恂，河北雄县人，在广州司马任上退休，"官满，上京扰攘，遂居南海"。也就是说，他既没有回老家，也没有去长安——嫌那里人事繁杂，就寓居广州颐养天年了。广州，是唐朝岭南道的治所，当时还是南海县的县城。所以，他所谓鲳鱼吃法，其实是唐朝岭南人的吃法。

刘恂退休了也没闲着，写了一本书，叫《岭表录异》。这是一本好书呀，当时相当畅销，流传很广，人们争相摘抄引用。古代学人还是实诚的，摘抄了都要标明来源，但是引用的人多了，或许有人图省力，或许笔误了，书名变得五花八门，"诸书所引，或称《岭表录》，或称《岭表记》，或称《岭表异录》，或称《岭表录异记》，或称《岭南录异》"。宋朝有个和尚叫赞宁，高僧呀，为此考证了一番。

说起赞宁，他跟古代宁波还有那么一点关系。原来，五代十国的时候，地方实力派都自立为王。宋朝建立的时候，吴越王钱俶还算是一国之君，他给赞宁的职务是两浙僧统，赐"明义示文大师"号。直到太平兴国三年（978），吴越才纳入宋朝的版图。那一年，赞宁六十岁，他捧着宁波阿育王寺的真身舍利去汴京（今河南开封），让宋太宗开开眼界。看来两浙的寺院，也就宁波阿育王寺的真身舍利最值铜钿，最拿得出手。当然，宋太宗也没有亏待赞宁，多次宣召，赐予紫衣及"通慧大师"号，并让他到翰林院去工作。

对于《岭表录异》，赞宁认为，主要是因为刘恂写的书"旧本不存，转相稗贩"，大家都是手抄本抄手抄本，不出错才怪。为了纠正"流传讹异，致有数名"，赞宁给刘恂的书定的名是《岭表录》。不过，现在通常把这本书叫作《岭表录异》。

那么，刘恂的《岭表录异》究竟是怎样说鲳鱼的？"鲛鱼，形似鳊鱼"。

不对呀，人家明明说的是"鲛鱼"，怎么成"鲳鱼"了，不会张冠李戴吧？不会！《康熙字典》在解释鲳鱼的"鲳"字时，引用了《正字通》（明朝崇祯末年国子监生张自烈撰）里的解释，说鲳"生南海，似鳊，头上突起，连背，身圆肉厚，止一脊，骨耎可食，闽人讹为鲛鱼"。

补充说明一下，岭南道的历史概念是包括现在的福建、广东全部，广西大部、云南东南部，以及越南北部地区。也就是说，岭南人（自然包括闽人在内）所说的鲛鱼就是全国人民所说的鲳鱼。刘恂说:"鲅鱼,形似鳊鱼,而脑上突起,连背而圆身,肉甚厚。肉白如凝脂,止有一脊骨。"对照一下,"突起连背,身圆肉厚",可以看出《正字通》对鲳鱼的描述在文字上承袭了《岭表录异》,唯一的重大贡献是理清了鲅鱼与鲳鱼的关系。

正因为鲳鱼"形似鳊鱼",宁波人至今仍叫鲳鱼为"鲳鳊鱼"。

吃货们大概看得不耐烦了,说了半天,唐朝人究竟是怎样吃鲳鱼的?

其实,刘恂说得十分简约,"治之以姜葱,焐之粳米"。焐,宁波方言读音是 wù,类似于"焐"的发音,譬如"红枣焐粥吃""火缸里粥焐焐其"。

刘恂就说了寥寥数语,但主料辅料(鲳鱼、姜、葱、粳米)都说清楚了,方法(焐)也说清楚了,你还想咋的?刘恂说,鲳鱼"止有一脊骨",一焐,"其骨自软"。其实何止是软,简直是化了,"食者无所弃",可以吃鱼不吐骨头了。

刘恂说,鲳鱼焐粥,得罪了家里的一种宠物,于是便有了一个绰号。得罪哪种宠物?猫?恭喜你,答错了。正确答案,是狗!

刘恂说，鲳鱼"鄙俚谓之狗瞌睡鱼"。为什么呢？因为"以其犬在盘下，难伺其骨"。一般人们觉得狗啃肉骨头是正解，其实狗是杂食动物，吃肉骨头，也吃鱼骨头，还拿耗子，甚至吃屙——宁波人不是有一句老话"人有良心，狗耷吃屙"。狗在饭桌下，等鲳鱼的骨头吃，都等得打瞌睡了，还是"难伺其骨"，于是鲳鱼就有了"狗瞌睡鱼"的俗称。

鲳鱼在海鲜中的历史地位还是蛮高的。明末清初的岭南大才子屈大均，用"行香子"的词牌写过一首《渔歌》：

第一鱼鲳。第二鱼魟。第三鱼是马膏鲮。潮咸潮淡，一任鱼郎。喜春风来，黄花短，白花长。

江水鱼香。鱼子滋阳。大罾船满载盐霜。罛公罛姥，两两开洋。更鲚鱼寒，鲈鱼热，鲙皆良。

在词里，鲳鱼是排在第一位的。那么，唐朝的岭南人，用鲳鱼随随便便来焦粥，是不是把它"埋没"在粥的汪洋中了？

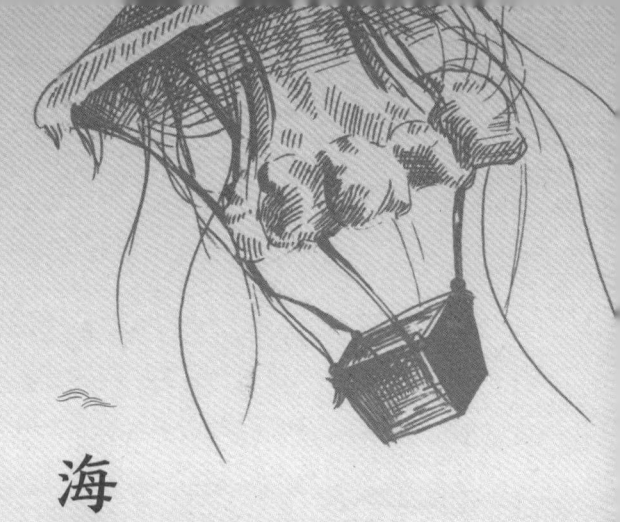

海蜇 皮子长下饭

海蜇，古人叫作水母；但也不尽然。《岭表录异》里说："水母：广州谓之水母，闽谓之蛇。"可见各地叫法不同。千万不要以为"蛇"是土话，是方言，它是上字典的。《唐韵》里说："蛇，音秅。水母也，一名䋽。形如羊胃，无目，以虾为目。"《唐韵》里"形如羊胃"的说法很有意思。照理说，你用一种东西来形容它、比喻它，是为了让人家更清楚地知道它、了解它。这倒好，"形如羊胃"，羊胃在羊的肚子里，看不见，摸不着，人家还是不知道蛇究竟长什么样。还是《玉篇》说得通俗："形如覆笠，泛泛常浮随水。""覆笠"，在农耕社会可谓家喻户晓了。

"形如羊胃""形如覆笠"都是辞书概括性的说法，《岭表录异》对海蜇有散文一样的优美描述："其形乃浑然凝结一物。有淡紫色者，有白色者。大者如覆帽，小者如碗。腹下有物如悬絮，俗谓之足，而无口眼。"这段文字其实是很有博物意义上的价值的，它不但说了形状，甚至分了大小，还说了颜色，并且说了"腹下有物如悬絮，俗谓之足"——也就是说，把海蜇皮与海蜇头两方面要素都说到了。说这段文字传神，这是一点问题也没有的；但要说它非常准确，那又另当别论了。南宋的曾慥在《类说》里摘

录这段文字的时候,"悄悄地"把"而无口眼"改成了"有口无眼"。从唐朝到宋朝,说明对事物的认识在不断深化中。

从"而无口眼"到"有口无眼",说明古人在海蜇没有眼睛这一点上还是达成共识的。《唐韵》里说:"无目,以虾为目。"宋代罗愿所写的《尔雅翼》里说:"蛇生东海,正白,蒙蒙如沫,又如凝血,纵广数尺,有智识,无头目处所,故不知避人。众虾附之,随其东西,故《江赋》曰'水母目虾'也。"海蜇没有眼睛,这是古人的共识;海蜇以虾充当眼睛,也是古人的共识。《江赋》里"水母目虾"的说法影响非常广,宁波著名的先贤全祖望还为此写过有所"影射"的一首诗《再赋鲒埼土物·水母》:"虾蛇附虾行,终焉不可避。盲心而附人,其亦此一辈。"另外,并不怎么知名的先贤谢辅绅也写过一首《蛟川物产五十咏·海蜇》:"蟥蛇分名血沫浮,全无脏腑亦无头。以虾为目藏身巧,借尔灵心为我谋。"两首都是"哲理诗",但谢辅绅那句"借尔灵心为我谋",似乎更接近海蜇的"初心"。因为"盲心而附人,其亦此一辈",显然是借题发挥。

《岭表录异》里说:"常有数十虾寄腹下,咂食其涎,浮泛水上。捕者或遇之,即欻然而没,乃是虾有所见耳。"也就是说,海蜇没有眼睛,有一群虾围着它团团转,把伞状的海蜇当作保护伞,看见天敌来了,就躲到海蜇的腹下,海蜇受到虾的惊吓,"欻然而没",逃之夭夭。当然,说时迟那时快,这些默契是一气呵成的,于是就有了"水母目虾"的说法,也有了"借尔灵心为我谋"的诗句。

那么海蜇到底有没有眼睛?张辰亮写的《海错图笔记》为大家作了一番科普:"水母也并不是没有眼睛。在它'伞'的边缘有一些缺口,每个缺口中都有眼点。虽然只能感受光线强弱,但好歹也是有呀。"张辰亮还进一步介绍说:"最厉害的还要数眼点旁边的平衡石、感受器和纤毛。它们能感知远处风暴传来的次声波,从而提醒水母早早地下沉,避开风浪……所以,虽然小虾、小鱼可以帮助水母感知危险,但没有它们,水母也不瞎不聋,过得不错。"

看来,看见可以有不同的方式,可以通过眼睛,也可以通过由眼点、平衡石和纤毛组合起来的感受器。生物的多样性,也决定了"看见"方式的多样性。

不过,感觉灵敏的海蜇也有"看不见"的盲点,无法精准地识别任何危险,否则,它就不会被渔民从海里捕捞上来。南宋诗人许及之就调侃过这件事:"就中水母为最蠢,以虾作眼资汲引。虾入罟罝自不知,水母浮悠亦良窘。"(《德久送沙噀信笔为谢》)

被捕捞上岸的海蜇,就成了人们的下饭。

"海蜇皮子长下饭,泥螺蟹酱过过饭。"海蜇是宁波人喜欢吃的家常菜,因为盐渍之后不会变质,所以可以充当长期储存的下饭。宁波人的吃法,海蜇除了凉拌,酱油揾揾吃是最常见的。一句话,都是生吃的。

但是,古人还有另外的吃法,是"煠"着吃,相当于油炸,是煮熟了吃。《太平广记》里"借用"《岭表录异》的名义,介绍了如何"煠"着吃。为什么说"借用"?因为《岭表录异》残本里没有这段文字,《太平广记》里有,并且版权归《岭表录异》。古人在文字引用上,大多数表现得非常光明磊落,这是值得当代学人好好学习的。

《太平广记》里这段文字是这样介绍海蜇的:"南人好食之,云性暖,治河鱼之疾。然甚腥,须以草木灰点生油,再三洗之,莹净如水晶紫玉。肉厚可二寸,薄处亦寸余。先煮椒桂或豆蔻、生姜,缕切而炸之,或以五辣肉醋,或以虾醋,如脍,食之,最宜。"就是说,先油炸,再蘸着"五辣肉醋"或者"虾醋"吃,味道最好。

到了南宋的时候,海蜇竟然做成羹来吃。

周密的《武林旧事》卷九记述"绍兴二十一年十月,高宗幸清河郡王第"的时候,列了一张"安民靖难功臣,太傅,静江、宁武、靖海军节度使,醴泉观使,清河郡王,臣张俊进奉"御筵的清单,其中"下酒十五盏",第十四盏是"水母脍二色茧儿羹"。御筵的奢靡,以及张俊的是是非非咱就不展开了,咱就说说海蜇皮子。根据菜名,我猜想它的构成大致是这样,近乎透明的海蜇与酱紫色的海蜇组成"二色",切成蚕茧的形状,然后煮成羹。这又是一种空前绝后的吃法。

任何事情都是大浪淘沙的,包括吃法。唐朝及之前的"南人"的炸着吃和南宋官家的煮羹吃,为什么都失传了呢?估计一是麻烦,二是味道还不如生吃。生吃有生吃的滋味,生吃有生吃的乐趣。"水母脆鸣牙,章举悬疣密"(宋朝刘子翚的《食蛎房》诗),生吃的海蜇迸脆,咀嚼时能在齿颊间发出令人愉快的脆响。我觉得第二个原因应该是主要的，否则吃货不会因为麻烦而放弃好吃的——古今中外概莫能外！

不知道"南人"的后裔和南宋官家的后代，还有没有保留海蜇的这些吃法，倘若现在的人能尝一下古人推荐的炸着吃的海蜇、皇帝吃过的煮成羹的海蜇，那将是一种有穿越感的口福呀。

咸鱼
翻身不容易

有两句广为人知的俗语,说的其实是相同的意思,就是异想天开的事情竟然出人意料地发生了;但是立意却不同,心境也不同。一句是"煮熟的鸭子飞了",表示到手的利益没了,空高兴一场,意味着沮丧和懊恼。另一句是"咸鱼翻身",表示绝处逢生,出现了转机,象征着喜悦和希望。

咸鱼,古人称之为鲍鱼。这鲍鱼不是现在所说那种肉质鲜美的海产贝类(鳆鱼),而是"盐渍鱼也"(《广韵》),浑身湿渍渍,气味是又腥又臭,也不知道是什么鱼腌制的。反正,咸鱼是不上档次的。但正像人们喜欢吃臭冬瓜、臭豆腐一样,上古时代的人也喜欢吃这种臭臭的咸鱼,并且跟身份不搭介。据《国语》记载,"周文太子发嗜食鲍鱼"。这个"太子发"就是周文王的太子姬发,也就是后来的周武王。当时姜太公"为其傅",是姬发的老师,就看不下去了,告诫他说:"鲍鱼不登俎豆,岂有非礼而可养太子?"俎和豆,是古代祭祀、宴会时盛放食品或食物的两种器皿。"鲍鱼不登俎豆",说明鲍鱼是上不了台面的东西,而太子吃这样上不了台面的东西,则是有失身份的。问题是"嗜食鲍鱼"的姬发,后来咸鱼翻身,一举推翻了成语"助纣为虐"中的那个纣——商纣王,建立了周朝。可见喜欢吃什么其实并不重要,重要的是要恪守人间正道,这才是天地间最大的"礼"。

鲍鱼吃起来香,闻起来肯定是臭的,好在多闻闻或者多闻一会儿,也就不觉得臭了。《孔子家语》云:"与不善人居,如入鲍鱼之肆,久而不闻其臭,亦与之化矣。"说的就是这个道理。

什么叫"久而不闻其臭"?《史记》中《秦始皇本纪》里的一段记载很好地说明了这个问题。秦始皇外出巡游不幸驾崩,随从把他的遗体用车子运回来,"会暑,上辒车臭,乃诏从官令车载一石鲍鱼,以乱其臭"——大热天的,遗体已经散发出异味了,于是用了一石的咸鱼,"以乱其臭",从而达到"久而不闻其臭"的效果。

关于这件事,后来的文人感慨良多,譬如唐朝的诗人李贺在《苦昼短》里,就有这么一句:"刘彻茂陵多滞骨,嬴政梓棺费鲍鱼。"意思是说,人是不可能长生不老的。宋朝的王十朋承袭李贺的立意,干脆单独来了一首:"鲸吞六国帝人寰,遣使遥寻海上山。仙药未来身已死,銮舆空载鲍鱼还。"(《秦始皇》)在生老病死这个问题上,任何人都没有例外,皇帝也无法咸鱼翻身。

古人的"鲍鱼"是泛指咸鱼，而在宁波人眼里，鳓鱼是咸鱼的出色代表。虽然，其他的鱼腌制以后也可以成为咸鱼，譬如咸带鱼；虽然，鳓鱼也可以以"鲜白鳓鱼"的面貌出现，但是，就是咸鳓鱼上档次，味道好。咸鳓鱼扣蛋，看着它，咽咽口水，就可以吃下半碗饭。

鳓鱼的"鳓"，也就是一种读音（宁波人读 lèi），因而原先有人把它写成"肋"。如南宋的《宝庆四明志》上说："肋鱼，似箭鱼而小，身薄，细骨满肋，肥者仅充口，瘦即无可取。"到了元代的《至正四明续志》里，"肋鱼"则改写成"鳓鱼"了。

《宝庆四明志》里的这段话，其实很有意思。"身薄，细骨满肋"——在吃货眼里，鳓鱼肉膛欠厚，鱼刺又杂乱无章，容易如鲠在喉，所以"瘦即无可取"也是顺理成章的事情——你让人家吃什么呢？鱼刺还是鱼鳞？或许，这也是造成鳓鱼咸鱼身份的重要原因。想想也是，从汪洋大海里捞都捞上来了，食之无味，弃之可惜——如同鸡肋，那就先腌着，到没得吃的时候好歹也是下饭。从这个意义上来说，叫它"肋"鱼也是名副其实。

不料，腌制的鳓鱼现在成了好下饭，这或许是《宝庆四明志》的撰写者所始料未及的。鳓鱼从史料记载中的评价不高，到现在吃货眼里的"压饭榔头"，鳓鱼在自己的"鱼"生道路上的的确确完成了咸鱼翻身的壮举。

鳓鱼成为咸鱼，有两种方式：一种是"暴盐鳓鱼"，一种是"三曝鳓鱼"。前一种表示新鲜的鳓鱼腌制不久，鲜味尚在，咸味又有；后一种则是腌制已久的鳓鱼，肉甚至已经有点腐了，但在口味上更能代表咸鱼的神韵。鳓鱼经常给人出难题，譬如宋朝还没有这个"鳓"字，所以学富五车的罗濬，在《宝庆四明志》里只能写作"肋鱼"。直至元朝，"鳓"字才上了文字工具书——《篇海类编》。同样道理，这"暴盐鳓鱼"和"三曝鳓鱼"虽然入味，但"暴"和"曝"写法对不对，却是一道难题。宁波人可以意会，但别人看了可能一头雾水。如果把古代鲍鱼的"鲍"设想为是"盐渍"过程的动词，那么问题似乎解决了："鲍盐鳓鱼"是腌制不久的，而"三鲍鳓鱼"是一而再再而三地腌制的。这样，既可以意会，也可以言传了。从汉朝成书的《释名》里来看，"鲍"的确是个动词。《释名·释饮食》是这样说的："鲍鱼，鲍，腐也，埋藏奄使腐臭也。""奄"即"腌"字，"埋藏奄"的过程，不就是封起来"盐渍"腌制的过程吗？不知道这个"鲍"字，

在宁波方言中,有没有咸鱼翻身的一天。

鳓鱼是好下饭,但并不排除人们对它的"非议",当然,并不是因为它给人们出了难题,毛病出在"细骨满肋"上了。宁波老话讲,"鳓鱼骨头里戳出",也就是"胳膊肘往外拐"的意思。"鳓鱼骨头里戳出"现象的产生,是其成为资深咸鳓鱼的时候,也就是"三曝鳓鱼"的时候。透骨新鲜的鲜白鳓鱼即使瘦得皮包骨头,终究能包住骨头的。即使成了"暴盐鳓鱼",跨入了咸鱼的行列,它也是能够绷得住脸面的。鳓鱼腌制时间长了,成了"三曝鳓鱼"的时候,肉看上去有点腐了,气味有点臭兮兮了,那些满肋的细骨就耐不住寂寞了,蠢蠢欲动,纷纷刷存在感,于是雨后春笋般地"里戳出"。"鳓鱼骨头里戳出",说到底不是鳓鱼的行为,而是鳓鱼骨头的行为,但败坏的却是鳓鱼的声誉。这也间接说明一个道理,不注意细节,好名声也可能"煮熟的鸭子飞了"。尽管吃里爬外的是忘恩负义的细骨,牵扯的还是鳓鱼的头皮。

南宋的华岳写过一首题为《宿灌头》的诗:"淡鱼才煮咸鱼熟,白酒新篘红酒香。莫讶杯盘成草草,一年忙处是蚕桑。"诗写得明丽轻快,颇有生活气息,里面还提到了咸鱼。但这位轻财好侠的华岳,由于疾恶如仇,却成了无法翻身的咸鱼。

开禧元年(1205),华岳因上书宋宁宗,历数权相韩侂胄的罪状,被"贬建宁圜土中"。所谓"圜土",就是牢狱。后来韩侂胄倒台了,华岳"放还,复入学登第,为殿前司官属"。乍一看,似乎是咸鱼翻身了。

但是,嘉定元年(1208)三月,史弥远掌握了朝廷的实权。史弥远虽是宁波人,老家在东钱湖边,但绝对不是宁波人的骄傲。他一上台,就恢复了秦桧的申王爵位及"忠献"谥号,积极奉行降金乞和政策。他"鳓鱼骨头里戳出"与金人眉来眼去的事情,在金庸的小说《射雕英雄传》里有所提及。对这样一个人,耿直的华岳当然是看不惯的,于是"谋去丞相史弥远"。结果,"事觉,下临安狱"。

宋宁宗倒是想保华岳的,"欲生之"。但史弥远不肯,说这个人"是欲杀臣者"。最后,华岳"竟杖死东市"。

看看历史,咸鱼翻身既容易也不容易。而咸鱼想要次次翻身,那是不可能的。

匪夷所思的老实 **弹糊**

宁波老话中,称老实、本分,或看上去木讷、少言寡语、不惹是生非的人,为"老实弹糊"。欺负老实人,或者从老实人那里占了一点小便宜,叫作"扨老实弹糊"。

弹糊,也就宁波人这么叫,人家通常叫作弹涂,或者叫跳跳鱼。千万不要以为叫"弹糊"很另类,《宝庆四明志》甚至叫它"阑胡"。

《宝庆四明志》是这样介绍弹糊的:"阑胡,形如小鳅,大者如人指,长二三寸许,头有斑点,簇簇如星。潮退,数千百万跳蹢泥涂中。"

与"弹糊"相比,叫"阑胡"倒是匪夷所思。

其实,把泥质的海滩叫作泥涂,也就宁波人,人家说的泥涂是指"泥泞的道路"。譬如,《后汉书》中的"所谓抵金玉于沙砾,碎珪璧于泥涂"。

"弹糊"与"弹涂"的相同与区别是,都是根据特性来命名的,都点出了"弹跳"的特点,但一个强调在"烂泥糊浆"中弹跳,一个强调在"滩涂"中弹跳。所以,弹糊的叫法很有宁波的地方特色。

但是,弹糊其实并不老实!弹糊会发怒。

清代画家兼海洋生物爱好者聂璜,在《海错图》中对弹糊有这样一段描述："怒目如蛙,侈口如鳢,背翅如旗,腹翅如棹,褐色而翠斑。"聂璜对弹糊的眼睛、嘴巴、背鳍和腹鳍的描述,都是通过像什么来完成的,很能启发人们的形象思维。

"怒目如蛙",说的是弹糊发怒时眼睛的状态——平时,它的眼睛平滑地长在泥鳅一样的脑袋上,不凸出,不显山露水;只有发怒的时候,眼睛明显地鼓起来了,"如蛙"。用两句宁波老话来形容弹糊发怒时的状态都很传神——"弹眼落睛""眼睛脱出介"。

至于"侈口",也不是一般状态下的嘴巴,类似于"破口大骂"时张得很大的嘴巴,才"如鳢"。

《汉书·王莽传》中对王莽的肖像描写,就用了"侈口"一词:"莽为人侈口蹷顄,露眼赤精,大声而嘶。"古典小说《绘芳录》第四回《捏虚词密现丧心计 痛远别合谱断肠诗》里,也有生动的描述:"讵料聂王氏等迁怒多事,侈口谩骂,稍与争辩,即喝令家奴数十名,将生等摔地痛打,反栽无故诬良。嗣为旁观劝解,始释。"

那么,"老实"的弹糊装出"侈口"的样子,又有什么好处呢?《韩诗外传》卷七里的一段话,正好可以作为答案:

"鸟之美羽勾啄者,鸟畏之;鱼之侈口垂腴者,鱼畏之;人之利口赡辞者,人畏之。"说明"鱼之侈口"有威胁、恐吓的作用,弹糊知道使用这个装腔作势的武器。

当然,《韩诗外传》不是讲授生物知识的书,而是传授处世哲学的书,它在讲述"鸟畏之""鱼畏之""人畏之"的三种情形后,得出的结论是:"是以君子避三端:避文士之笔端,避武士之锋端,避辩士之舌端。"

总而言之,聂璜简单地用了"怒目如蛙,侈口如鳢"这两句,就把弹糊性格"暴躁"的一面给传神地勾勒出来了。

弹糊并不老实的另一个依据是,它灵活机动,并不木讷。弹糊会跳会爬,匍匐于泥涂上觅食,一有风吹草动,就立马刺溜一声钻到洞里去了——这是呆头呆脑的家伙做不到的。

清朝的时候,镇海文人谢辅绅写过组诗《蛟川物产五十咏》,其中一咏咏的就是弹糊。在这首《弹涂》诗中,谢辅绅写道:"状如蜥蜴跃江干,背上花纹数点攒。生怕涂田泥滑滑,不嫌力小几回弹。"

所谓"江干",就是江边、江岸。唐朝诗人王勃有诗云:"客心悬陇路,游子倦江干。"抒的就是江边之情。

从"江干"一词来分析,谢辅绅应该是在甬江入海口边的泥涂上看到弹糊的。"背上花纹数点攒",估计来自经验而不是近距离的观察,因为没等人靠近,它已钻到了洞里。不过前两句都不是重点,重点是"生怕涂田泥滑滑,不嫌力小几回弹"。"不嫌力小"有点拟人化的味道了,并且是"几回弹",颇有几分百折不挠的意味。

诗人当然是咏物言志,说的是弹糊,表达的却是自己的情愫。在这首诗里,从精神层面来看,弹糊丝毫没有"老实""妥协"的意思,而是无所畏惧地一往无前;而所谓"生怕涂田泥滑滑",反而有先见之明的因素在里边。

所以,宁波老话用"老实弹糊"作譬喻,真的很匪夷所思。

真实的虾屏以及传说中的

虾屏

宁波老话讲，"头大享福，脚大劳碌"。从这个意义上说，虾潺是有福之鱼——因为它头大。吃喝玩乐，算是人类的平庸之福，"吃"是排在第一位的。作为鱼，虾潺的福很大一部分也体现在口福中。虾潺看上去软绵绵的，因为它只有一条极其柔软的主骨（比其他鱼的小鱼刺还软），其余的小骨头细软如老人随风飘动的胡须，怪不得古人猜想它是"水沫凝成"的，而闽东方言甚至把它形容为鼻涕，叫它"鼻涕鱼"。就是这样一个看上去软绵绵的家伙，在海里却是一个挺狠的角色，啥都敢吃（算是有口福）。

虾潺头大，大就大在它的嘴上。它张开嘴，量量它上嘴唇与下嘴唇的距离，比它的腰身还宽。当然，它直白笼统的，没有人类想象中的美女那样的腰。有研究者解剖过虾潺，进行过"大数据"分析，发现它吃鲳鱼、乌贼、小黄鱼的幼体，还有五花八门的虾——都是上等的海鲜呀！最过分的是，还吃同类，真可谓自相残杀的狠角色。宁波人把不受人待见的人或事叫作"头大不刺"，看来虾潺在海里也是让那些小鱼小虾"头大不刺"的。

因为头大，虾潺就有了龙头鱼这样的雅号。所谓"龙头老大"，如果把它看作是一语双关的话，就是因为龙的头老大老大。虾屠的头既然这么大,叫龙头鱼也算是名副其实。

关于龙头鱼,还有一个民间传说,说的是它无私奉献的好心肠。估计这个传说已经有些年头了,应该是很久很久以前的人编的——因为那时它还叫"水澱"。"澱"是"淀"的繁体字,除没有"浅的湖泊"(譬如"白洋淀""荷花淀")这层意思之外,它的释义是与"淀"一致的。所谓"水澱",就是说它是水沉淀凝结的,这么柔软,这么晶莹剔透,这么楚楚动人。这样的"人物设定"(传说已经拟人化了),虾屠肯定就成了正面的主角。

民间传说涉及鳓鱼。鳓鱼骨头多,原来它的骨头都是索取来的。鳓鱼觉得自己身子骨偏弱,向龙王要骨头壮身。龙王或许很有怜悯之心,或许觉得鳓鱼这样的身子骨有损泱泱大海的形象,就答应了。但是,龙王没有现成的骨头呀,那么就下令募捐,让所有的鱼都奉献一根骨头,算是兄弟相帮吧。别的鱼都没有问题,但"水澱"就一根硬骨头,用宁波老话来说,是"黄鼠狼独张皮",给了你,自己就没有了。虾屠把自己唯一的硬骨头奉献出去之后,当场就瘫软在龙宫门口。这觉悟,堪称汪洋大海中的爱心道德模范。龙王知道了原委,脑子里闪电般地闪过四个字——"软、弱,可欺",觉得不能让老实人吃亏,就对虾屎说,赐你一个龙头吧,这样以后别的鱼见到你,就会像见到我一样恭恭敬敬的,不敢欺负你了。于是,虾屎就在民间传说中成了龙头鱼。

或许虾屎的头真的像龙头,在现代分类学里,它归口于"灯笼鱼目龙头鱼科龙头鱼属"。

虾屎是宁波人的叫法。所谓"屎",描述的是它的"软"和"弱",这样的命名也符合古人的惯例。文人有给原始命名中的字加偏旁的做法,让它们更像模像样,于是有给屎加虫字旁的,"首见于唐代温岭碑刻"(张如安先生在《宁波历代饮食诗歌选注》中的考证);也有给屎加鱼字旁的,出自一本南宋文字学家戴侗写的《六故书》。前一种写法没有被钦定的《康熙字典》搜集收纳,后一种写法《康熙字典》里倒有,但没有出现在当今的《辞海》里,许多电脑字库都不认识它,使用起来很不方便。

那么就还是写作"虾屎"吧,这样通俗易懂。

虾屑后传——龙头鲓

弄清楚龙头鲓与虾屎存在着前世今生的关系，对我来说是很后来的事。虾屎"身如膏髓"（《宝庆四明志》的描述），"白如嫩玉软如绵"（清·谢辅绅《蛟川物产五十咏》），通常是红烧，当然也可以水煮，吃起来，口感像豆腐一样，入口即化；而龙头鲓硬邦邦的，咸味，油煎的，嚼起来有一股韧性——这两种不同质感的菜品竟然是同一种东西，真是匪夷所思。

虾屎不是高档海鲜。清朝藏书家同时也是水利学家的郭柏苍（1815—1890），曾深入沿海各地搜集海产资源资料，考证编著了《海错百一录》。郭柏苍认为，虾屎是"海鱼之下品，食者耻之。每斤十数文，贫人袖归"。这说的是清朝或者清朝以前的状况，不过现在虾屎依旧是很便宜的。虾屎经过腌制，摇身一变成了龙头鲓，仍旧不是什么高档菜肴，但好在"食者耻之"的观念已荡然无存，老百姓爱吃，一部分先富起来的人也不见得就不碰它了。对宁波人来说，龙头鲓是乡愁的一部分。

有一些宁波学者喜欢把龙头鲓写成"龙头鮆"，颇有正本清源的意味。"鮆"字的确很吓人，单独拎出来，百分之九十的人看见它会觉得头大不剌——这啥字呀？什么意思？怎么读？都会恨自己书读得少，没见过这个字。

薧，有两种读音。一种是 hāo，就是墓地。《说文》是这样解释的："薧，死人里也"。里，就是居住的地方。"死人里"，就是坟墓。这"薧"字，知道了意思，依旧还是有点吓人。另一种读音是 kǎo，指的是干的食品。"凡其死、生、鲜、薧之物，以共王之膳，与其荐羞之物"，这里的"薧"指的是干肉；"辨鱼物，为鲜、薧"，这里的"薧"则指的是干鱼。这两段话都出自《周礼》，的确很深奥，呵呵，其实我也头大不剌，似懂非懂，那么姑且遵从《辞海》的权威说法吧。

正因为有"干鱼"一说，龙头鲓就是虾潺（龙头鱼）的干，所以叫作"龙头薧"是合情合理的。但是，周朝实在是太遥远了，这个"薧"字其实在古代就已经死掉了，进入了"薧（hāo）里（坟墓）"。"薧（hāo）里"已经被"蒿里"所替代；作为"干鱼"的"薧（kǎo）"，则被"鲞"所代替。如果一定要严格区分，那么大型的干制海产品叫"鲞"，小型的干制海产品就叫"鲓"——已经没"薧"什么事了。

所以，时至今日，没必要抱残守缺、"克己复礼"，把周朝的那个"薧"字给挖出来当作龙头鲓中"鲓"字的正字，这样大家都不会头大不刺,大家都可以轻松些。

文字是用来记录、交流和沟通的,而不是用来吓唬别人没文化的。古人对文字就有删繁就简的做法,所以我觉得能用简单的字表达同样意思的,就尽量不要用复杂的,譬如虾孱,譬如龙头鲜。我们可以看懂繁体字,但不一定要使用繁体字、恢复繁体字,这其实也是对文化的一种态度。

海蜓,应该怎样称呼你

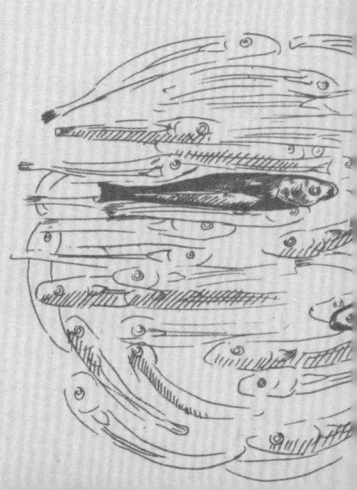

海蜒这个称呼,"蜒"字是借用的,看中的是它那个yán的发音,或者说类似于此的发音(有时候甚至是各地方言的发音),因而古代文人把它写到书里去的时候,是八仙过海各显神通,海艳、海咸、海鲌(鲌字不常用,根本没有进入简体字的行列)……不一而足。

当过鄞县知县的钱维乔,一般介绍起来是"清朝的文学家、戏曲家",其实还是个画家。他"学贯古今,诗文博瞻""工书善画,精于音律",并且曾经与钱大昕一起合修过《鄞县志》。钱维乔的学问够大了吧?但他也不知道海蜒的确切写法,他暂时把它写成了"海蝘"。当然,他肯定知道这个"蝘"字是不对的。越是有学问、越知道文字来历的人往往越痛苦,怎么找不到一个合适的字呢?越是有学问、越知道文字来历的人往往越谦虚,他不会说"海艳、海咸、海鲌都写错了,我写的海蝘才是对的",他始终在寻求正确的写法。

钱维乔终于等到了机会——"简斋书来索此"(简斋写信来要该样东西)。简斋谁呀?就是袁枚,清朝乾嘉时期很有代表性的人物——文学细胞十分发达的吃货。袁枚,字子才(一不小心会看成"才子"),号简斋,晚年花头

很透，自号仓山居士、随园主人、随园老人，但"简斋"是他实打实的号。袁枚写信给钱维乔，你老兄在鄞县当领导，咋不弄点海鲜给咱们尝尝？咱也不要大黄鱼、小白虾，搞点海蜒总不会犯错误吧？哈哈，其实我没看到过袁枚写给钱维乔的信，我只是从钱维乔一首题目为《海蝘》的长诗的题记中任性地想象了一下。

钱维乔在题记中写道："鄞有小鱼，味类虾米，俗呼海蝘，阮亭《居易录》作'海艳'，郡志物产类不登。"——钱维乔明明知道有"海艳"这样的写法，但他艰难地选择了"海蝘"，说明他不认同，即使书上有也不盲从。他倒是想看看地方志上是怎么写的，可惜小小海蜒不登大雅之堂，物产类里面没有收录。

钱维乔接着写道："简斋书来索此，寄赠一筐，并佐小诗。烦锡以嘉名，循加恩小族例，可乎？"——钱维乔给袁枚寄了一筐海蜒，并且附带小诗（其实是长诗）。如果连诗的题记也一起寄了，那题记就是一封回信。在这里，钱维乔向袁枚提了一个要求——"烦锡以嘉名"。锡，通"赐"，就是"给予、赐给"的意思。譬如《庄子·列御寇》里，就有"人有见宋王者，锡车十乘"的说法。到了清朝，钱维乔还故意不用"赐"字而用"锡"字，我觉得蛮可爱的。钱维乔要求袁枚给海蜒弄个好的名字，其实是想要一个确切、规范并且有趣的名字——"循加恩小族例"。五代的毛胜写过一本《水族加恩簿》，"取水族数十种，据其特点，假沧海龙君之命分别拟以官名，并各戏撰加恩制令一篇"。钱维乔希望袁枚遵循这个体例。袁枚，你不是美食家兼散文家吗？那你就玩一下嘛。

　　袁枚虽然名气比钱维乔大得多，但学问也不见得比钱维乔高。袁枚在吃了一筐海蜒之后，不知道有没有给钱维乔一个确切的回复，只知道他在《随园食单·海鲜单》中写道："海蝘，宁波小鱼也。味同虾米，以之蒸蛋甚佳，作小菜亦可。"我似乎听到袁枚在隔空喊话：喂，钱维乔，你叫它海蝘咱也叫它海蝘，"锡"什么"嘉名"呀？这名字挺好的！咱把"鄞有小鱼"改成了"宁波小鱼也"，把"味类虾米"改成了"味同虾米"，谢谢你提供的原始资料。在这段短短的文字里，我觉得袁枚最大的贡献是拓展了海蜒的吃法。海蜒放汤（往往是清汤），海蜒冬瓜汤，是宁波人最通常的吃法；而袁枚"以之蒸蛋甚佳"的实验以及品尝鉴定，让海蜒在菜肴里有了一种无限的可能性。袁枚，不愧为古今有名的吃货。

可以告慰钱维乔的是,你的"海蝘"现在有了确切的"嘉名"——海蜒。"蜒"字应该是借用的,但既然这么界定了,就这么着吧,从此"车同轨,书同文",让我们一起来大声地朗读三遍:海蜒,海蜒,海蜒。

鱼目
没有混珠

说"鱼目混珠"这话,要看站在谁的立场上。

采秋笑道:"鱼有鱼的目,蚌有蚌的珠,你要把蚌的珠换鱼的目,鱼怎么愿呢?"——这话说得太在理了,更主要的,是站在鱼的立场上。人类的所谓偏见,往往是站错了立场,即没有同理心,不能推己及人。鱼目有视力,能看见东西;珠能吗?正因为鱼的眼睛是雪亮的,所以可以悠然自得地鱼戏荷叶东、鱼戏荷叶西、鱼戏荷叶南、鱼戏荷叶北,一点也不会走错道、找不着北。乐府诗《江南》说的是淡水鱼,但海里的鱼也一样,它才不愿意把好端端的鱼目换成珠!

采秋是谁?她是清代魏秀仁创作的长篇言情小说《花月痕》里的女主角,"全称"杜采秋,青楼才女。当然,她后来嫁给了才子韩荷生,获得了一品夫人的封号。小说中,杜采秋说了这段话以后,就到了见证奇迹的时刻——剑秋拍掌大笑道:"痴珠!他道你是鱼目混珠,你该罚他一钟酒!"——于是,一个叫作"鱼目混珠"的成语就这样横空出世了。这里,"他"其实是"她"。那时候,"他""她"还是傻傻不分的,"她"字,是由被鲁迅先生称为"《新青年》里的一个战士"的刘半农创造的。鲁迅先生说,刘半农"活泼、勇敢,很打了几次大仗。譬如罢……'她'字和'他'字的创造,就都是的"。(《忆刘半农君》)否则魏秀仁作为知名作家,不会犯这种低级错误的。

在这之前,早有人表达过类似鱼目混珠的意思,譬如西汉的韩婴,在《韩诗外传》中有"白骨类象,鱼目似珠"的说法。意思是说,白骨与象牙,鱼目与珠,不仔细分辨,还真有点类似。又譬如东汉的魏伯阳,在《参同契》里说:"鱼目岂为珠?蓬蒿不成槚。"显然,魏伯阳的口吻中,多了一股愤愤不平之气。蓬蒿,就是蓬草和蒿草,低矮的草丛而已;而槚,则是高大的乔木楸树,木材质地致密,耐湿,用来造船再合适不过了,当然也可以大材小用,制作棋盘(楸枰)。反正在魏伯阳眼里,鱼目与珠,蓬蒿与槚,前后两者的身价不可同日而语。汉朝前辈的说法,虽然已经有那些个"鄙夷"鱼目的意思了,但是最终组合成"鱼目混珠"这样稳固的词组,还是清朝的魏秀仁。

在《花月痕》中,尽管有杜采秋为鱼目代言的一番话——"你要把蚌的珠换鱼的目,鱼怎么愿呢",但"鱼目混珠"这句话流传下来,"鱼目"终究还是吃亏了——它在以假乱真,它在以次充好,它在冒名顶替,它在滥竽充数……呵呵,一句话,它在鱼目混珠!

其实,鱼目本身就是珠。这话不是我说的,是陆游他爷爷说的。陆游的爷爷叫陆佃(1042—1102),著有《陶山集》十四卷,及《埤雅》《礼象》《春秋后传》《鹖冠子注》等,共二百四十二卷,"封吴郡开国公,赠太师,追封楚国公"。陆佃尽管著作等身,名声显赫,但他现在的名气根本无法跟孙子比——不知道陆游,那是没文化;不知道陆佃,啥帽子也扣不了!

陆佃说:"龙珠在颔,蛇珠在口,鱼珠在眼,鲛珠在皮,鳖珠在足,蛛珠在腹……"听听,鱼目本身就是珠嘛。陆老先生这样说,并不是现代人玩的所谓脑筋急转弯——眼珠眼珠,眼睛本来就是珠呀;他说的珠,就是跟河蚌壳里的珍珠有共同特质的东西。

明朝的张岱把这些"共同的特质"归纳为珍宝,因此他对各种各样的珠的介绍,在《夜航船》这本书里,是放在《宝玩部·珍宝》部分的。张岱的罗列与陆佃大同小异:"龙珠在颔,蛟珠在皮,蛇珠在口,鱼珠在目,蚌珠在腹,鳖珠在足,龟珠在甲。"当然,张岱还另外介绍了其他比较稀罕的珠,譬如九曲珠(有得九曲珠,穿之不得其窍。孔子教以涂脂于线，使蚁通之）、水珠（唐顺宗时，拘弘国贡水珠，色类铁，持入江海，可行洪水之上，后化为龙）、定风珠（蜘蛛腹中有珠，皎洁，持以入江海，遇大风，握珠在手，则风自定，故名"定风珠"），等等。

既然鱼目本身就是珠，那它根本没有"混珠"的必要！

陆佃列举包括鱼目在内的数种宝珠，最终是想表达这样一个意思："皆不及蚌珠"。好家伙，在陆佃的眼里，万珠皆下品唯有蚌珠高，蚌珠甚至胜过龙珠——倘若，世界上真有龙珠存在。

清代文人钮琇，显然不认同陆佃的意见。钮琇为官清廉，同情百姓，曾经捐献俸禄，添置耕牛、种子，劝逃难的农民回来种田，像是一个理想主义者。他认为众生是平等的，为什么非要分你好我坏、我贵你贱？于是，在他写的一篇题目叫作《羊珠》的短文里，引用了陆老先生"龙珠在颔，蛇珠在口，鱼珠在眼，鲛珠在皮，鳖珠在足，蛛珠在腹"这段话，唯独把"皆不及蚌珠"给省略了。然后他正气浩然地说："是知物类皆能孕珠，非独蚌也！"可见，"皆不及蚌珠"这句，他是故意遗漏的。文中的一个小小的细节，往往反映了一个人的内心想法。

钮琇在"断章取义"地引用了前辈学界大腕的话之后,讲了一个"社会新闻":

近日嘉兴九里汇农人徐心桥,畜一牂羖,已五六岁。因为子娶妇,宰以飨客。屠者觉肚中累累然,剖而濯之,得珠盈掬,圆大如豌豆。有老人云:"羊食仙草,或雷雨时与龙交则生珠。"

这里的"羊珠",很有可能就是结石。但在古人眼里,"蚌病成珠",原理还是一样的。钮琇发现了一种前人没有提到过的珠 —— 羊珠,只是他把"羊珠"渲染成"羊食仙草,或雷雨时与龙交则生珠",现在看来,多少显得有些滑稽。当然,我们没有必要苛求一个从小读四书五经的文人官员,能够轻易地跳出历史的窠臼和时代的局限性,成为一名科普达人。

古人提到"鱼目"时,大多是在嘲弄它千方百计想"混珠"的事情,但也有例外。

唐朝文人徐夤写过两首《荔枝》诗,其中一首是这样写的:"朱弹星丸粲日光,绿琼枝散小香囊。龙绡壳绽红纹

粟,鱼目珠涵白膜浆。梅熟已过南岭雨,橘酸空待洞庭霜。蛮山蹋晓和烟摘,拜捧金盘奉越王。"显然,"龙绡壳绽红纹粟"是说荔枝的壳,而"鱼目珠涵白膜浆"则是说荔枝剥了壳的果肉。令鱼儿欣慰的是,徐夤是把鱼目当作珠的,并且是珠圆玉润的那种珠,这比陆佃所说的"鱼珠在眼",要早一百多年。

不过有时候古人提到"鱼目"时,压根不是在说鱼的眼睛,而是说人的眼睛,说夜里失眠的人眼神直愣愣的眼睛。

唐朝李贺写的《题归梦》:"长安风雨夜,书客梦昌谷。怡怡中堂笑,小弟栽涧菉。家门厚重意,望我饱饥腹。劳劳一寸心,灯花照鱼目。"这里的"灯花照鱼目",说的就是夜不成寐的情形。

这个"鱼目"的典故,源于鳏鱼。

古代托称是孔子八世孙孔鲋写的《孔丛子》里,有这么几句:"卫人钓于河,得鳏鱼焉,其大盈车。"古人相传,鳏鱼的眼睛终夜不闭,陆游的诗句"衰如蠹叶秋先觉,愁似鳏鱼夜不眠"(《晚登望云》),可以印证这个说法。古人还认为,世界上最容易失眠的人——瞪着"鱼目"的人,是那些没有老婆而想老婆的人,于是就用"鳏"来指代这些人。

《幼学琼林》是这样启蒙孩子的:"妇人重婚曰再醮,男子无偶曰鳏居。"正是因为"鳏",才派生出"鱼目"(无偶独宿)这个引申义的。

当然,并不是所有"灯花照鱼目"的情形都是忖老婆的,或许是忖其他什么的,譬如家乡,譬如父老乡亲,譬如诗和远方……如果条件反射地认定那是鳏居所思,那真的是在理解上鱼目混珠了。

比目鱼，以鲆鲽鱼为例

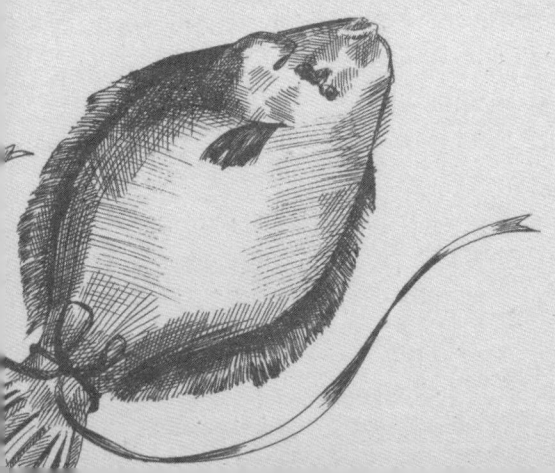

一说比目鱼，我会很自然地想到比翼鸟。不料，老祖宗也是这么想的。老祖宗说："东方有比目鱼焉，不比不行，其名谓之鲽；南方有比翼鸟焉，不比不飞，其名谓之鹣鹣……"（《尔雅·释地》）

之所以我在"鹣鹣"之后用了省略号，因为老祖宗还说了"西方有比肩兽焉""北方有比肩民焉"。事实证明，为了凑成东南西北，老祖宗也有越说越离谱的时候。比肩兽、比肩民近乎神话传说，尽管两晋时期著名的训诂学家郭璞煞有介事地对"比肩民"作了注解："此即半体之人，各有一目、一鼻、一孔、一臂、一脚，亦犹鱼鸟之相合，更望备惊急。"这不过是才子式的浮想联翩而已，无法证实。比翼鸟倒是现在还在说，但很大程度上要归功于白居易在《长恨歌》中有这么两句："在天愿作比翼鸟，在地愿为连理枝。"什么事情与爱情一搭介，它的生命力往往可以无限延长，这是好事情。然而，比翼鸟依然只是传说中的鸟，现实中也无法证实。只有比目鱼是靠谱的，现在还能见到，譬如鳎鳗鱼——在菜场，人们似乎更喜欢把它写成"玉秃鱼"。

鳎鳗鱼，体形扁扁的，身体两边的颜色不同，一边是褐色或深褐色的，一边则是白色或玉白色的。估计很多人从来就没有注意过鲆鲽鱼的眼睛是长在单边的。是的，鲆鲽鱼两只眼睛都长在颜色深的一边，因此它就是比目鱼。不过，比目鱼是鲽形目鱼类的统称，鲆鲽鱼仅仅是比目鱼的一种，我们俗称的"鸦片鱼"也是比目鱼。

比目鱼其实不是一出生眼睛就长在单边的，刚孵出的小比目鱼与父母不一样，眼睛对称地长在头的两侧，很有鱼的范儿。然而在茫茫大海中，鲆鲽鱼属于弱势群体，它的优势就是低调。惹不起还躲不起吗？平躺在海底不动的时候，与周边的泥沙或石砾浑然一体，能躲过很多劫难。

我们所看到的鲆鲽鱼那褐色或深褐色，其实就是海底的颜色。千万别以为海面是蔚蓝的，海底也是蔚蓝的——这如同声望与私德的关系。海峡彼岸的著名诗人余光中说过：私德犹如内衣，脏不脏自己明白；声望犹如外套，美不美由人评价。

低调的鲆鲽鱼无力保护小鲆鲽鱼，无法把大海当作任意玩耍的乐园，只能让小鲆鲽鱼也贴着海底生活。在这样的生存境况里，小鲆鲽鱼在出生后两三个星期，身子长到半寸长时，身体开始不平衡（我不忍心说它是畸形）地发育,下侧的眼睛向上移动——反正泥沙和石砾也没什么可以瞧的,就与上面的眼睛并列起来——海洋这么大,咱俩一起看。

"东方有比目鱼焉"——就是因为比目鱼得到了实证,古人对它的描述也逐渐真切起来,譬如"状似牛脾,鳞细,紫黑色",这已经相当接近真相了,但仍不免充满了臆想:"一眼,两片相合乃得行。"也就是说,古人认为"状似牛脾"的比目鱼,必须两条鱼贴在一起,组成左右对称的眼睛,才能行动自如,"不比不行"。

说到底,古人在很长一段时间里把比目鱼当作半条鱼来看。西晋文学家左思在其《吴都赋》里说:"双则比目,片则王余。"意思是两条鱼在一起才是比目鱼,单条的就是"王余鱼"。有人专门作了注解:"王余鱼,其身半也。"哈哈,就是半条鱼。还扯了民间传说作为佐证:"俗云:越王鲙鱼未尽,因而以其半弃于水中为鱼,遂无其一面,故曰王余也。"越王的御厨制作鱼松(将鱼肉加工制成绒状或碎末状的食品),鱼肉只剔了一面就扔到水里,那半条鱼大家就叫它"王余鱼"。古人在做学问的时候,能够这样一本正经地胡说八道,也真是让人醉了。相同的传说,到了《初学记》里，是这样描述的："昔越王为脍，剖而未切，堕落于水，化为鱼。"故事的重点要素基本一致。

　　从某种角度来说，当古人对"鲽"和"鲆"这两个字进行明确分工之后，才算真正了解了比目鱼。比目鱼并不是"一眼，两片相合乃得行"，它是有两只眼睛的，只不过在同一侧而已。有些比目鱼，两只眼睛都在身体的左侧，那么我们就叫它"鲆"吧；还有一些比目鱼，两只眼睛都在身体的右侧，那么我们就叫它"鲽"吧。文字的细分，就这样印证了人类认识的进步。

　　鳎鳗鱼，在现代生物分类上是"鲽形目鱼类"，但按老祖宗的界定，它应该是"鲆"——因为它的眼睛在身体的左侧。而鸦片鱼，倒是正宗的"鲽"，因为它的眼睛在身体的右侧（也有鸦片鱼左侧的眼睛没有完全移到右侧，在中间停住了，仿佛宁波人所说的"眼睛生勒额角头"）。

　　在古代，鳎鳗鱼除"王余鱼"之外，还有许多其他的叫法。《异物志》里说："一名箬叶鱼。俗呼鞋底鱼。"这是根据它薄薄的身形起的绰号，这比"状似牛脾"更具象。牛脾并不是多数人见识过的，那些天天使唤牛儿的老农民，也未必知道牛脾长什么样。顺着具象化的思路，《临海

志》叫鳎鳎鱼为"婢屣鱼",说它"口近腹下,形似妇人屣";《风土记》叫它"奴屩鱼","长一尺,如屩形"。"屣"是鞋子,"屩"也是鞋子,并且是草鞋。所谓"婢屣鱼""奴屩鱼",这些都是从"鞋底鱼"引申开来的,但非要跟奴呀婢呀而不是公主呀皇后呀的鞋子挂上钩,可见那时候这鱼是被人鄙视的。

俗话说,苦海无边,回头是岸。海龙王不待见的鳎鳎鱼,低调地生活在大海的底层,好不容易脱离了"苦海"上了岸,依旧没被人待见。

一 淡菜的纠结

宁波有一个很有名的家常菜，叫咸菜；还有一个很有名的家常菜，叫淡菜。咸菜似乎对淡菜这种叫法很不屑，自己的前身是雪里蕻，长在土里，是名副其实的蔬菜；而你淡菜，却是一贝壳，长在海里，跟泥土一点也不搭介，好意思叫"淡……菜"？你算是哪门子菜？你有菜叶瓣吗？

淡菜觉得很冤枉，名字都是人类老祖宗取的，自己还有一个很洋气的名字叫贻贝呢。知道什么叫"贻贝"吗？贻，跟财富有关，意思是赠送。贻贝贻贝，连起来，可以理解为"能够送人的宝贝"。估计古时候，咱的壳还当过钱使用呢。但大家平常都不叫咱贻贝，喜欢叫淡菜，咱也没办法。

其实，淡菜的纠结困惑了很多古往今来的人。是呀，凭什么叫淡菜呀？

宋朝的孙光宪有一说法："去壳，不着盐而干之，故名淡菜。"这个说法是存疑的。"不着盐而干之"的东西多了去，譬如菜蕻干，不是更有资格叫淡菜吗？倘若菜蕻干叫淡菜，那么与雪里蕻腌制的咸菜，可以说是天造地设的绝配。海产品中"不着盐而干之"的也有，鳗鲞可以是淡的，虾皮可以是淡的，不见得非要叫它们淡菜。但是，清末民国初的徐珂编撰的《清稗类钞》里沿用了这个说法："淡菜为蚌属,以曝干时不加食盐,故名。"看来,这个"没有道理"的命名,还是流传很广的,并且很悠久。

清朝的博物学家聂璜在《海错图》里有一说法:"潮汐虽往来于其间,其性必嗜淡水于泉石间,故恋恋不迁,此淡菜之所由以得名也。"说白了,在海水与淡水之间,淡菜更倾向于淡水。聂璜的说法标新立异,在叙述上有人文主义的情怀以及诗人一样的浪漫。但是,他的说法并不靠谱。

淡菜,其实还有一个称谓,叫"东海夫人"。有一本叫《余皇日疏》的书,有这样一段文字:"海中所产多类人身,而人鱼其全者也。蚨青类人首,眉目宛然;玄罗类人足;戚车类男阴;文蛤类女阴。文蛤即淡菜,亦名东海夫人。至于贵钤类凤,蕊钟类鹿,鸠贼类象,木藻类凫,更奇。"(转引自元朝伊世珍的《琅嬛记》)作者似乎存心让后人看不懂,写的海产品名字怪里怪气的,蚨青呀玄罗呀戚车呀,不知道指的是什么,要不是说了一句"文蛤即淡菜",人们也不知道啥是文蛤。淡菜之所以"亦名东海夫人",关键一点是"类女阴"。《海错图》把这个意思写得更加直白:"淡菜……肉状类妇人隐物,且有茸毛,故号海夫人。"这是从淡菜里面肉的形状来命名的,在直白中透着隐晦,在粗俗中透着文雅。

全祖望写过一首诗《再赋鲒埼土物·东海夫人》。鲒埼，位于奉化莼湖，是一个上过《汉书·地理志》的地名。书里是这样介绍"鲒埼亭"的："鲒，音结，蚌类。长一寸，广二分，有小蟹在其腹中。埼，曲岸也，其中多鲒，故以名亭。"亭，是汉代县以下的行政单位，十里为一亭，十亭为一乡，并不是因为鲒埼有一座凉亭所以叫"鲒埼亭"。"鲒埼土物"，鲒肯定是排在第一位的，"汉律，会稽献鲒酱二升"，是向朝廷进贡的佳品；但是，淡菜也是排得上号的。全祖望的诗是这样写的："夫人海上来，文以澹弥旨。能成如达功，不收寤生子。"这里的"寤"通"悟"，"逆"的意思。"寤生"说明不是顺产，照宁波老话说是"横生"的。说来说去，全祖望的诗是立足于淡菜的"类女阴"来"做文章"的。

倒是梁实秋，在《雅舍谈吃·炝青蛤》里，用了一个比较新奇的比喻："至于淡菜……其形状很丑，像是晒干了的蝉。"也算不落窠臼。

"东海夫人"的叫法，看上去文辞优雅，但骨子里毕竟粗鄙，淡菜如果有知，它一定会说：谢谢你，求求你，还是叫我贻贝好了。

在海礁中飘逸的紫菜

家里来了客人，泡了一碗紫菜汤，说是拿海鲜招待了人家，这一定会让人笑话的。但反过来，说紫菜不是海鲜，那也一定会让紫菜笑话的。

倘若海鲜也分阶级，或者调和地说，分阶层，紫菜的层次低是低了一些。如果海中有一个王国，虾为兵蟹为将，那紫菜顶多算是嶙峋的暗礁中飘浮的云雾，只能装点一下水中宫阙。

但是，人们很早就知道了紫菜。左思的《吴都赋》里有这样一组句子："江蓠之属，海苔之类，纶组紫绛，食葛香茅，石帆水松，东风扶留。"真心讲，看不懂，不知所云。但有人看懂了，出来注解了，那就是郭璞。郭璞（276—324），字景纯，河东郡闻喜县（今山西省闻喜县）人，两晋时期著名的文学家、训诂学家、风水大师。郭璞说："《尔雅》曰：'纶似纶，组似组。东海有之。'紫，紫菜也，生海水中，正青，附石生，取干之，则紫色，临海常献之。绛，绛草也，出临贺郡，可以染食。"郭璞的注解其实也不好懂，就"紫，紫菜也，生海水中，正青，附石生，取干之，则紫色，临海常献之"这一段分外通俗。后来郭璞自己也写了一篇《江赋》，"青纶竞纠，缛组争映。紫菜荧晔以丛被，绿苔鬖髟乎研上……"把"纶组紫绛"又发挥了一遍。

　　宁波的地方志都把郭璞的注解当宝贝,譬如宋朝《宝庆四明志》里说:"《吴都赋》曰:纶组紫绛。注云,紫菜。郭璞《江赋》云:紫蒁荣晔以丛被。注云,蒁,紫菜也。定海昌国海岸中有之,出伏龙山者著名。"这里的叙述容易让人产生误会,以为伏龙山就在昌国海岸附近,其实一个是舟山定海的地名,一个是宁波慈溪的地名。所以到了元朝的《至正四明续志》,把这个说法变换了一下:"紫菜,生定海昌国海岸,一云出伏龙山者著名。干则黑。《吴都赋》曰:纶组紫绛。注云,紫菜。郭璞《江赋》云,紫蒁荣晔以丛被。注云,蒁,紫菜也。"基本大同小异。需要注意的地方是,地方志上引用的句子与郭璞的原文似有出入。

　　直接提到紫菜的,还是北魏杰出农学家贾思勰所著的《齐民要术》:"吴都海边诸山,悉生紫菜。"贾思勰说得比较周全,不提伏龙山伏虎山,认为"海边诸山"都有这个紫菜,也说不上谁好谁坏。不过这话也有一点小小的歧义,仿佛紫菜是长在海边的山上。还是唐代的孟诜算是透过现象看本质了,他在《食疗本草》中说,紫菜"生南海中,正青色,附石,取而干之则紫色"。寥寥数语,说明了紫菜是生在海中，附在礁石上，原本是青色的，捞上来晒干后才成了紫色。可以看出来，孟诜是参考了郭璞的注解，并且把产地放到了南海。孟诜的说法被明朝李时珍的《本草纲目》所引用，这相当于一条微博，在几百年后被一个大V转发了一下，孟诜和紫菜都应该感到幸运。

或许是因为紫菜的身份很低鄙，后来的文人墨客懒得去说它。《全唐诗》里倒有人提到紫菜，譬如耿沣《送崔明府赴青城》中的"远雾开群壑，初阳照近关。霜潭浮紫菜，雪栈绕青山"，李端《奉和秘书元丞杪秋忆终南旧居》中的"行鱼避杨柳，惊鸭触芙蓉。石窦红泉细，山桥紫菜重"。但是，他们诗中的"紫菜"仅仅是为了与相关词语"青山""红泉"对仗，情景描写中的修辞需要，指的并不是作为海鲜的紫菜。倒是清朝文人樊增祥写的《望江南（其十）》"都门好，食料极清佳。香透木樨黄玉粟，淡烹紫菜水晶虾。邻酒尽堪赊"，说的可能是真正的海鲜紫菜。

古代从事研究的人，视万物皆为宝，均可入药，因而常常提到紫菜。对紫菜药性的描述，《本草拾遗》说"味甘，寒"，《本草从新》说"甘咸而寒"，《随息居饮食谱》说"甘，凉"。《食疗本草》则说"下热气，若热气塞咽者，汁饮之"。

《本草纲目》中,李时珍不但描述了紫菜的形态和采集方法,还指出紫菜主治"热气烦塞咽喉","凡瘿结积块之疾,宜常食紫菜"。

于是,紫菜似乎已经不是一种海鲜,而是一味中药。

蛎黄的雌雄问题

一般被称作牡蛎的那个东西，到了宁波人的嘴里，就被叫作"蛎黄"了。其实老底子的宁波人也不叫它蛎黄，而是叫它"蛎房"。譬如宋朝《宝庆四明志》云："蛎房，其大者如驼蹄，小者如人指面，亦曰牡蛎。"这里没"蛎黄"什么事儿。

黄，宁波老话的发音类似于 wāng（汪），往往指核心部位的东西，例如蛋黄——这种意思表述其实与普通话是一致的。东汉的思想家王充在《论衡·验符》里就已经提道："黄为土色，位在中央。"蛎黄就是指蛎房核心部位的东西，而蛎房把蛎黄的壳也算上了。李时珍在《本草纲目》里把这个区分得很清楚："南海人以其蛎房砌墙，烧灰粉壁；食其肉，谓之蛎黄。"蛎黄的壳（蛎房，即蛎黄住的房子）可以当石灰用的，里面的肉就叫蛎黄。看来，现在宁波人称蛎黄与古时候"南海人"的叫法是一样的。

其实也不尽然。明朝文人李东阳写过一首诗，诗的题目有点长，叫《萧海钓寄蛎黄，上元日出以飨客，因赋一首》。李东阳是湖广茶陵（今湖南茶陵）人，后来长住北京，他也是把蛎房叫作蛎黄的。有趣的是，人家寄蛎黄给他，他没有随随便便就吃掉，而是到了上元日，也就是元宵节,才郑重其事地拿出来"飨客",并且赋诗一首:"薄筵无物荐清宵,黄蛎分香味颇饶。腥带海风崖际出,冻随春雪酒边消。东关地僻劳相寄,南客方传始解调。不有可人佳赏在,一春诗兴又萧条。"真的是太有仪式感了。其实这也是对待来自远方的友情,对待"味颇饶"的海鲜,以及对待尊贵客人的正确姿态。

无独有偶,清朝文人吴廷华写过一组《社寮杂诗》,第十七首是这样的:"抟饭何须匕箸尝,茹毛饮血俗相当。从来不设烹鱼釜,带甲生咀鲜蛎黄。"吴廷华祖居安徽休宁,自己算是钱塘湖墅里(今浙江杭州)人,他同样把蛎房叫作蛎黄。

但是蛎房也好蛎黄也好,最书面化的叫法还是牡蛎,就连我们翻译外国文学作品中提到的同类的东西,也译作牡蛎。法国十九世纪著名作家莫泊桑创作的短篇小说《我的叔叔于勒》,里面就写到了牡蛎,以若瑟夫——一个半大小孩的视角描写了他所看到的场景:"父亲忽然看见两位先生在请两位打扮得漂亮的太太吃牡蛎。一个衣服褴褛的年老水手拿小刀一下撬开牡蛎,递给两位先生,再由他们递给两位太太。她们的吃法很文雅,用一方小巧的手帕托着牡蛎，头稍向前伸，免得弄脏长袍；然后嘴很快地微微一动，就把汁水吸进去，蛎壳扔到海里。"

这段描述极其生动，用词也十分精到，以至中国的初中语文老师如获至宝，常常拿这个来考学生："一方小巧的手帕（捧／托）着牡蛎，头稍向前（伸／探），免得弄脏长袍；然后嘴很快地微微一（动／吸），就把汁水（吸／喝）进去，蛎壳（扔／摔）到海里。—— 依据你对人物的理解，在括号里选择恰当的词语。"呵呵，如果不是因为熟读课文，而仅仅是因为"对人物的理解"就都选择对了，那咱们的学生都是文学大师的水准了。

所谓见仁见智，吃货不同于语文老师，眼里只看到了蛎黄的另一种吃法 —— 带壳的，只是到了吃的时候，才把壳撬开。忽然觉得老师还可以增加一组选择 —— 这壳到底是"撬"开的还是"敲"开的。

蛎黄的关键词是"蛎"，蛎房也好牡蛎也好，都是围绕着这个"蛎"字，就像卫星围绕着行星，行星围绕着恒星。既然牡蛎是最书面化的叫法，那应该给个说法。蛎房好解释，《宝庆四明志》里说："此物附石而生，磈礧相连如房，故名蛎房。"在礁壁上，蛎黄的壳像连排别墅，称之为"房"

还是比较形象的。但"牡蛎"的"牡"如何解释呢?"牡"在甲骨文字形里为阳性生殖器,所以指的是雄性,与"牝"相对。难道蛎黄都是雄性的?那它又是如何延续后代的?

关于"牡蛎",《宝庆四明志》里也有说法:"道家以左顾者是雄,故名牡蛎;右顾,则牝蛎。"原来,世界上还有一种蛎黄叫作"牝蛎"。书里还给出了如何区别"左顾右盼"的办法:"向南视之,口邪向东,为左顾。"这里的"邪"通"斜"。

《宝庆四明志》也不是自说自话,据说是引用了南北朝时期的名人陶弘景的说法。陶弘景是著名的博物学家,也是道教中人。陶弘景不但界定了"牡蛎""牝蛎",更有惊人之语:"牡蛎是百岁雕所化。"这种说法现在看来是荒唐的,但同样是宋朝的著作《类篇》也在作相同的引述:"雕百岁化为蛎。"倒是唐朝的段成式在《酉阳杂俎》里提出了自己的看法:"牡蛎言牡,非谓雄也。"但接下来的一句话又让人大跌眼镜:"介虫中唯牡蛎是咸水结成也。"他的意思是蛎黄不是"百岁雕所化"(虽然没有直说),而是"咸水结成也",所以不存在雌雄问题。

现代科学研究证实,蛎黄是雌雄同体的——并不是说它既是雌的也是雄的（也有一些品种的确如此），而是一会儿是雌一会儿是雄的，它的转换周期以及内在机理并不明了。现在能观察到的是，月平均水温为13℃—20℃时，雄性个体比例高；月平均水温升高至20℃—30℃时，两性比例接近；当水温下降时，雄性比例又有所增高。于是有人戏称，"女的比较怕冷"。又有人观察发现：水质比较好且营养丰富的海域，雌性蛎黄占多数；而在营养条件差的地方，雄性牡蛎占多数。于是又有人戏谑："女儿要富养。倘若环境不好，丫头也会变成野小子的。"

令人惊讶的**大海虾**

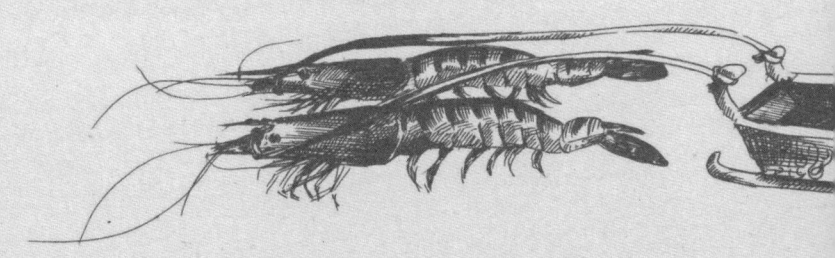

看来，古人是看到过大虾的，很大很大的虾，大到足以令现代人咋舌。

唐朝的刘恂就看到过。在刘恂眼里，海里的虾不同于河里湖里的虾，色泽晶莹，"皮壳"是嫩红色的；那些"脑壳与前双脚有钳者"，就更不一样了，"其色如朱"，有红得发紫的味道，颜色相当于大红色了。有一次，刘恂登船出海，忽然看见舷窗"悬二巨虾壳"，"头、尾、钳、足具全，各七八尺"。刘恂心理素质好，没有大吃一惊、倒吸一口凉气，而是细心地观察起来。观察结果是"首占其一分。嘴尖利如锋刃，嘴上有须如红筋，各长二三尺"。"前双脚有钳"，据说是用来捕捉猎物的。"钳粗如人大指，长三尺余，上有芒刺如蔷薇枝，赤而铦硬，手不可触"。这里，刘恂在描述上运用了通感，光看到"芒刺如蔷薇枝"，就产生了"铦硬"的触摸感，认为这钳子像老虎尾巴，摸不得（"手不可触"）。但我总觉得这段描述有些漏洞，似乎出现了败笔："长三尺余"的钳，才"粗如人大指"——像人的大拇指那样粗，比例明显失调，失调得有些过于纤细了，完全没有张牙舞爪的威猛了。最后，刘恂说到了海虾的脑壳"弯环尺余，何止于杯盂也"，相当于现在口径十厘米的酒杯。

我们不妨见识一下《岭表录异》的原文：

海虾，皮壳嫩红色，就中脑壳与前双脚有钳者，其色如朱。余尝登海舶，入舻楼，忽见窗版悬二巨虾壳，头、尾、钳、足具全，各七八尺，首占其一分。嘴尖利如锋刃，嘴上有须如红筋，各长二三尺。前双脚有钳（云以此捉食）。钳粗如人大指，长三尺余，上有芒刺如蔷薇枝，赤而铦硬，手不可触。脑壳烘透，弯环尺余，何止于杯盂也！

这里所说的海虾，很可能是海洋里的龙虾那一类，因为一般的小海虾是没有钳子的。

宋朝的《太平广记》引用了《岭表录异》这一记录，并且为了证明此言不谬，不是信口开河、胡说八道，把同样是唐朝的著作《北户录》里的一段佳话作为附录。

《北户录》里是这么说的，滕恂为广州刺史，有客语恂曰："虾须有一丈者，堪为拄杖。""虾须有一丈者"已经十分稀奇了，倘若说它飘逸似丝，以一般人的经验姑且说得过去，但是，还"堪为拄杖"，这质地得有多么坚硬呀？滕恂当然不会轻易相信。俺初来乍到，作为新广州人，自然不清楚岭南风物,但你说得如此离奇,当我三岁小孩呀,这么好哄骗?俺好歹也是太守级别的人,不能自诩为见多识广,但多少还是读过一些博物类的书,这样的奇闻俺没听说过!后来,"客去东海,取须四尺以示,恂方服其异"。最终,滕恂还是相信了,眼见为实嘛。

　　作为佐证材料,《北户录》里的记录其实是有缺陷的。"客去东海,取须四尺以示"——说的是"一丈",拿过来的只有"四尺",缩水了一半多;并且是"取须四尺",不是附着在虾身上的,并不能说明这就是虾须。好在滕恂信了,并且事情传到《北户录》的作者段公路耳中,便有了这段佳话。

　　子在川上曰,逝者如斯夫。时间如白驹过隙,到了清朝的乾嘉后期,学者郝懿行写了一本《记海错》的书,又把大海虾的事拎出来说了一遍:

《北户录》云,海中大红虾长二丈余,头可作杯,须可作簪,其肉可为脍,甚美。又云,虾须有一丈者,堪拄杖。《北户录》之说与《尔雅》合。余闻榜人言,船行海中或见列桅如林,横碧若山。舟子渔人动色攒眉,相戒勿前,碧乃虾背,桅即虾须矣。

西风东渐以后,谈世界文明史,一些人"言必称希腊";而在中国,古代学究说海鲜,则是"言必《北户录》",不能免俗。郝懿行也不能例外。不过他在转述《北户录》的时候还相当理性——"头可作杯,须可作簪,其肉可为脍",不但文字押韵,朗朗上口,描述也恰如其分,虾须仅仅是可以"作簪",只不过能做绾住头发的首饰而已。郝懿行把"虾须有一丈者,堪拄杖"归入到"又云"的行列,显然觉得这是一种另类的说法。问题出在他自己的"有所贡献"上,增加了一段自己的见闻录——"余闻榜人言",他的理性被感性彻底打败了。

"榜人"就是船夫。曹操的儿子曹植写过一首题为《朔风》的诗,结尾两句是:"谁忘泛舟?愧无榜人。"明朝文学家钟惺在《古诗归》里称曹植的诗"肝肠气骨,时有块磊处"。《朔风》诗正是一首颇有"块磊"的抒愤之作——谁说我不想泛舟南下?不是没有船夫嘛!

郝懿行的"余闻榜人言",就是"我听船老大说",那可是目击证人的陈述呀,你不得不信呀!

船老大说了些什么?船老大说,船在海上航行,看到"列桅如林,横碧若山",渔民会大惊失色,会相互告诫:离

它远点！离它远点！！离它远点！！！呵呵，重要的事情说三遍。因为，"碧乃虾背，桅即虾须"。用数学中代数的方式来分析这段文字，那就是"虾背若山，虾须如林"。从"簪"到"桅"，郝懿行实现了前不见古人后不见来者的跨越式飞跃。怪不得周作人在看到这段文字后忍俊不禁，点评道："此节文字固佳，稍有小说气味，盖传闻自难免张大其词耳。"

古代的博物类著作，通过引经据典的"考证"，言之凿凿地"证明"大海虾的存在，这为文人借题发挥开启了一道灵感之门。明朝的王鏊写过一首题为《海虾图》的诗，写得真是气势磅礴。"茫茫大海浮穹壤，日月升沉鳌背上……有鱼如屋鲨如帆，虾最细微犹十丈。鬈鬈怒气须如戟，力战洪涛欲飞出……"在王鏊的眼中，"黑风吹海浪如山，鱼龙变化须臾间"，所以江里湖里的鱼蟹再大也不过是蜉蝣而已。

诗歌毕竟是以抒情为主，而小说作为叙事作品，可以玩得更任性，玩得更"嗨"。清朝的玄幻小说《绣云阁》第五十回《游南海莲飞水面　充白帝霞卷空中》有这么一段喜感十足的对话——

紫光喜曰："闻得南海虾如牛大，其须可作栋梁，吾去拾须一茎，以为没后之棺焉。"狐疑曰："虾须大多软而不固。尔欲觅棺，可拾一巨蚌壳归家，不必工匠造作，以一半为停尸之所，一半为御土之用……"

"拾须一茎"，就可打一口棺材，可见海虾之大，喜感之一也。既然"可作栋梁"，怎么会"软而不固"？这是狐疑的惯性思维，喜感之二也。狐疑一本正经地向紫光喜推荐"拾一巨蚌壳归家"，喜感之三也。总觉得他们像在玩过家家的游戏。

而清朝的最后一科举人钟毓龙在其传奇著作《上古秘史》（或称《上古神话演义》）中，对大海虾的描述更是发挥得淋漓尽致——

钹耳国使者道："这虾并不算大，敝国那边大虾极多，最大的长到二十多丈。航海的人见到远处海波之中有桅樯双矗，高可十余丈，往往以为是个海船，哪知是海虾，在那里晒它的须。须的出水有十几丈，那么它的全身，可想而知了。此外十几丈、八九丈、四五丈长的虾更不计其数，所以它们的须可以拿来做帘，名叫虾须帘；亦可以做簪，叫虾须簪；亦可以做杖，叫虾须杖。至于它们的脑壳和脚节壳，拿来用金类镶起来，亦可以做缸、做杯、做碗。不过这种还是小的虾，至于大虾的须壳，则无所用之。这次敝国来献的虾，不是为它须壳之可用，是为它身中所产之珠非常可宝，所以来献的。"（第一百零八回《钹耳贯胸献珠鳖　大禹过门不入家》）

钹耳国使者的所谓"至于大虾的须壳，则无所用之"的话，倘若让《绣云阁》里的紫光喜听见了，紫光喜一定会痛心疾首的：不是可以作为"没后之棺"嘛！

玉螺的壳，曾经可以做『铜鼓』

古人看到的海鲜要比我们现在看到的大，并且是大得多。《五杂俎》里有这样一段文字："龙虾大者重二十余斤，须三尺余，可为杖。蚶大者如斗，可为香炉。蚌大者如箕。此皆海滨人习见，不足为异也。"蚶子壳可以做香炉；蚌壳如果仅仅用来装蚌壳油——二十世纪六七十年代的护肤品，那是电线杆当筷子使——大材小用了，它的目标是簸箕，簸箕呀！透过这段文字，我似乎看到了《五杂俎》的作者、明朝的谢肇淛眉飞色舞、唾沫横飞的样子。

无独有偶，唐朝刘恂写的《岭表录异》里有一段文字，说的是"蛮夷之乐"，但"一不小心"把作为海鲜的玉螺牵扯到了，让我们见识了古代玉螺之大，大到可以制作铜鼓。

铜鼓，顾名思义，就是铜做的鼓。当时的大唐，估计鼓身是木头做的，所以看到"铜鼓"还是有些稀奇的，所以要"录异"，记下来，向长安街上的读者普及一下。刘恂说："蛮夷之乐，有铜鼓焉，形如腰鼓，而一头有面。"

刘恂以傲慢的口气称呼的"蛮夷"，其实是中国古代南方一些少数民族。这些少数民族的铜鼓，是由用作炊具的铜釜——"釜底抽薪""破釜沉舟"的"釜"——作为原型发展而成的，后来就成了乐器。用锅来做乐器，刘恂也许觉得自己有足够的理由感到稀奇。

刘恂虽然口气傲慢，但对铜鼓还是大加赞赏的："鼓面圆二尺许。面与身连，全用铜铸。其身遍有虫鱼花草之状，通体均匀，厚二分以来。炉铸之妙，实为奇巧。击之响亮，不下鸣鼍。"一句话，做工精巧，声音洪亮。

于是，刘恂顺便提到了"玉螺铜鼓"："贞元中，骠国进乐，有玉螺铜鼓。即知南蛮酋首之家，皆有此鼓也。""骠国"是一个历史地理概念，按《旧唐书·南蛮西南蛮传·骠国》记载："骠国，在永昌故郡南二千余里，去上都一万四千里。其国境，东西三千里，南北三千五百里。"并介绍了它的大致方位，"东邻真腊国"，"北通南诏"。贞元（785—805），是唐德宗李适的年号，共计 21 年。就是说，唐朝贞元年间，骠国来使进贡乐器，有"玉螺铜鼓"。刘恂怕人家误解，专门作了注解："玉螺，盖螺之白者，非琢石所为。"换句话说，这玉螺就是玉螺，不是玉石雕出来的。

螺嘛，如果作为吹奏乐器——小螺号嘀嘀嘀吹，那的确不算新闻，但倘若制成打击乐器铜鼓（其实应该是螺鼓），那千真万确是新闻了。估计"骠国进乐"不限于"贞元中"，以前也进贡过，所以诗人白居易留有题为《骠国乐》

的诗句："玉螺一吹椎髻耸,铜鼓千击文身踊。"那时候,玉螺还是吹的——是不是白居易想当然了?不得而知。

在介绍了"玉螺铜鼓"之后,刘恂还披露了一个与铜鼓有关的更离奇的新闻。刘恂说:"僖宗朝,郑絪镇番禺日,有林蔼者为高州太守。有乡墅小儿,因牧牛闻田中有蛤鸣,牧童遂捕之。蛤跃入一穴,遂掘之,深大,即蛮酋冢也,蛤乃无踪。穴中得一铜鼓,其色翠绿,土蚀数处损阙,其上隐起,多铸蛙黾之状。疑其鸣蛤即铜鼓精也。遂状其缘由,纳于广帅,悬于武库。今尚存焉。"这段文字中的"蛤",不是海鲜中"花蛤""圆蛤"的"蛤"(gé),而是"癞蛤蟆"的"蛤"(há)(癞蛤蟆,宁波方言叫"蛤蚆",蛤还是读 gé)。

"鸣蛤即铜鼓精也",的确比"玉螺铜鼓"更有传奇色彩。

落魄的泥螺

泥螺是全世界所有螺类中最落魄的。玉螺的壳晶莹剔透,辣螺的壳粗粝雄浑,鹦鹉螺的壳绚丽斑斓,而泥螺的壳灰不溜秋的,像一只过时的元宝套鞋,形状不规整,质地不坚硬,手一揿,就碎了。如果把螺类的壳比拟为螺所住的房子,那泥螺无疑是住在草棚里。更让人感到愤愤不平的是,所有的螺(包括淡水里的田螺、螄螺),都有厣,唯独泥螺没有厣。也就是说,它的房子还比人家少了一道门。怪不得李时珍在《本草纲目》里说:"宁波出泥螺,状似蚕豆,可代海错。"所谓海错,就是各种各样的海产品。"可代海错",一个"代"字似乎把泥螺弄到海产品的编制外了。

我觉得第一个吃泥螺的人也是很了不起的,是他把泥螺堂而皇之纳入了海鲜的范畴。他的勇敢指数当然无法跟第一个吃螃蟹的人比,但他的耐心指数绝对是可以上榜的。俗话说"心急吃不了热豆腐",心急同样吃不了泥螺。从泥涂里新鲜撮上来的泥螺看上去脏得要命,有一个成语叫"拖泥带水"仿佛是为它量身定做的。可怜的泥螺,在泥涂里吞食泥沙、撕刮藻类,主要摄食底栖硅藻、小型甲壳类、无脊椎动物的卵及有机腐殖质,是一个化腐朽为神奇的营养大师。新鲜的泥螺黏疙疙滑哒哒,外面有涎水里面有泥筋，需要在盐水中养一段时间，等它把里面的泥沙"吐"干净了才能吃。泥螺的这一特性，使古人称它为"吐铁"或者"土铁"。凡是产泥螺的地方，地方志里都有类似记载："吐铁一名泥螺……岁时衔以沙，沙黑似铁，至桃花时铁始吐尽。"至于"土铁"，也是基于它"吐"出来的泥沙"土非土，铁非铁"。明朝的张如兰为此还写过一首《土铁歌》："土非土，铁非铁。肥如泽，鲜如屑。乍来产自宁波城，看时却似嘉鱼穴。盘中个个玛瑙乌，席前一一丹丘血。见者尝，饮者捏。举杯吃饭两相宜，腥腥不惜广长舌。"

"举杯吃饭两相宜"，看来古人觉得来自宁波的泥螺既可以下酒，也可以过饭，"见者尝，饮者捏"，是颇受大家喜欢的。宁波泥螺好吃，关键是后期处理的"盐浥之"。《至正四明续志》记载："土铁，蜗属，形如豆大，壳薄，生海涂中。梅月盛，有土人取之盈筐，涤去涎，然后盐浥之。"梅月指农历四月，泛指梅雨时节。"梅月盛"，说明那时候泥涂里泥螺很多，俯拾即是。梅月到来的时候，"雅人"在收琴入匣——"挂琴不宜著壁……梅月须早入匣，以厚纸糊缝，安楼之阴凉处"（宋·赵希鹄《洞天清禄集·古琴辨》),"土人"则去泥涂里撮泥螺,"取之盈筐",各有取舍。

宁波泥螺好吃,连皇帝也想尝尝味道,于是就成了贡品。这其实要看皇帝是南方人还是北方人,北方人终究是吃不惯泥螺的。天启《慈溪县志》关于泥螺有这样的介绍:"旧入贡,今止。"寥寥五个字,似有一种"无可奈何花落去"的意味。天启是明熹宗朱由校的年号(1621—1627),说明至少在那个时候,宫廷里早已经把泥螺踢出美味佳肴的行列。泥螺再次落魄了,它仅仅是老百姓的"压饭榔头"而已。

泥螺的最终落魄,是带有文化印记的落魄。大家都知道,说一个人生就一双丹凤眼,那这个人大抵就是美女;但倘若说她长着一对"泥螺眼",那肯定奇丑无比。清朝嘉庆年间的言情小说《听月楼》,在描写一个名叫无艳的丑女人时,就是这么说的:"眼一大一小,红眼边,还有一个泥螺眼。两道扫帚眉,鼠耳,鹰鼻,陷腮,火盆嘴,金牙,厚嘴唇,要算丑到没处去了。""泥螺眼",按字面理解,应该很接近宁波人所说的"眼泡虚肿"的样子,的确有碍观瞻。

宁波老话对泥螺也不待见。人们把装糊涂、对一切都觉得无所谓、死猪不怕开水烫的人生态度,或者持有这样态度的人,叫作"翻白泥螺"。如果一个人,富态、发福,但恰巧是个坏人——类似于《沙家浜》里的胡传魁,你完全可以用鄙视的口吻形容他"人生得像发暴(音 pò)泥螺介"。倒是"脚泥螺"一词,尚有一种俏皮的成分在里面,显得稚气可爱,但可爱的范围仅仅局限于脚趾。

虾皮弹虫,每一个绰号都有来历

模样长得丑,不周正,就容易遭人轻视甚至蔑视,虾皮弹虫就是一个例子。宁波人命名虾皮弹虫,它的词序结构类似于"披着羊皮的狼",就是"披着虾皮的虫子";不同的是,它在"虫子"前面还多了"弹记弹记"这样宁波老话味十足的形容词。虾皮弹虫,完整地演绎一下,乃"披着虾皮的""弹记弹记的"虫子。轻蔑之意溢于言表。

　　并不是宁波人对虾皮弹虫有成见,"虾皮弹虫"如果算是幽默的宁波人给它起的一个俏皮但并不是很雅的绰号,那么它的学名"虾蛄"也雅不到哪里去。"虾—蛄",属于复合式命名,就是用两种生物的名字合起来命名,以显示它的某种特性。"蛄"是什么?《说文·虫部》云:"蛄,蝼蛄也。"就是一种钻在泥土中、昼伏夜出、吃农作物嫩茎的虫子。在农耕社会里,蝼蛄是一种猥琐的害虫。虾蛄,说白了,还是"披着虾皮的虫子"。

　　无独有偶,外国人对虾皮弹虫也很不待见,也给它起了个绰号,叫它"Mantis Shrimp",意思是"螳螂虾"。螳螂哉昆虫也,虾皮弹虫终究没有摆脱"虾+虫子"的命名方式。

　　西方人俗称虾皮弹虫为螳螂虾,是因为看到虾皮弹虫头部其中一对触角粗硬，呈锯齿状，跟螳螂的臂有些相似。螳臂当车，不自量力。虾皮弹虫并没有那么傻，它不"当车"（当然海里也没车），它的锯齿状的触角是吃饭家什，相当于吃西餐的刀和叉。贝类的壳很硬，它能轻易地弄碎。龙虾、螃蟹那些看上去比它更张牙舞爪的家伙，它都能在偷袭中制服——这用人类的话来说，就是逆袭，超出了"大鱼吃小鱼，小鱼吃虾米"的常识范畴。有一种霸王，凶悍是写在脸上的，譬如鲨鱼；还有一种霸王，看上去低调内敛，猥琐得像"弹记弹记"的虫子，却不得不让人刮目相看，譬如虾皮弹虫。

中国人称虾皮弹虫为虾蛄也是有道理的。虾皮弹虫有钻在海底泥沙里筑穴的特性，这跟蝼蛄很相似；身体一节套一节，又跟蝼蛄形似——无非一个是硬邦邦的，一个是软绵绵的。

但虾皮弹虫不是长久钻在泥穴里的，它得出来活动呀。它活动的方式有两种，一种是游泳。虾皮弹虫游泳速度很快，不知道这跟它腹部有众多的附肢有没有关系。说众多，其实也就八对，前五对叫鄂足，后三对叫步足。不过游泳的时候，这些附肢拨动起来，足以让人眼花缭乱，仿佛

看到了蜈蚣百只脚。无怪乎老底子宁波人传授区分虾与虾皮弹虫的诀窍时，说："状如蜈蚣而大者曰虾蛄。"（见《宝庆四明志》）

虾皮弹虫的另一种活动方式就是踱步。但它的三对步足发育不良，根本无力跋涉，发力的还是前面的颚足，尾部是拖着前行的，因而会在泥沙上留下耙子耙过一样的痕迹。于是，它又有了一个绰号：虾耙子。叫着叫着，也有叫成"虾爬子"的，东北人基本上是这么叫的。

由于步足乏力，它爬行的时候往往呈现这样一种姿势：背部弓起来，弹开；再弓起来，再弹开……终于把自己爬成了"虾皮弹虫"。这种"弹记弹记"的蠢萌调皮样，在童话世界或者动画天地里，自然就成了"皮皮虾"。

虾皮弹虫其实蛮有魂灵的，它被人们捕获的时候，会有一股水从身体里流出来，就像是知道要永久地告别大海了，因而洒下了无比忧伤的眼泪。问题是，流出水的部位不在头部而是腹部，这就很容易让人联想到撒尿。这情形，很像一个平时骄横跋扈的地痞被捉拿归案的时刻，吓得尿了裤子，于是它又多了一个"撒尿仆"的称号（这个"撒"字，宁波方言的读音类似于"咋"）。在宁波老话里，用"仆"指代的,都带有贬义,譬如"撒屙仆""屙仆饭桶"。

  对虾皮弹虫最尊敬的叫法,出自山东蓬莱一带的人,他们叫它官帽虾。因为虾皮弹虫的尾壳倒过来看,像一顶古代形制的官帽(大家通常叫它"乌纱帽")。但是,这时候虾皮弹虫往往已经成了人们口中的美味佳肴,有人剔着牙缝,醉眼蒙眬中蓦然发现,杯盘之间,堆了满满一堆乌纱帽,冠、冕 —— 堂皇。

蠡是啥东东

蠡，是匹配性很差的一个字，用宁波老话来说就像是"臭猪头"，几乎没有字愿意跟它搭配。现代汉语中，只有"测"字忍辱负重跟它组了一个词——蠡测，也是唯一一个词。这还得感谢西汉的东方朔，面对诘难，发了一番"以管窥天，以蠡测海，以莛撞钟"的宏论，经过两千年的大浪淘沙，终于留下了"蠡测"这个词，以及"以蠡测海""管窥蠡测"两个成语。

那么，蠡到底是什么东西呢？现在的小学生肯定会抢答：瓠瓢，舀水用的瓠瓢呀。现在的孩子就是聪明，要是在汉代，许多读书人也未必知道"蠡"是什么东西。尽管东方朔说这番话的时候轻描淡写，用了"语曰'以管窥天，以蠡测海，以莛撞钟'"的句式，相当于"俗话说"，似乎天下人都知道"以蠡测海"是怎么回事。其实，人家都不懂。

"蠡"的原始意思是"虫啮木中也"（《说文》），清代的文字训诂学家段玉裁（1735—1815）为此还作了解释："蠡之言劙也，如刀劙物。"这个生僻的"劙"字，意思是"割、划开"，一直被宁波老话所传承着，譬如"手骨劙开"。而"蠡"用现在的话来说是"虫蛀木"（《辞海》），这……怎么能用来"测海"呢？于是有人出来注解，蠡就是瓠瓢。这个人，肯定是学问大家（但我没查到他是谁），大家都信服。另外，估计那个时候，用瓠瓢舀水已经习以为常了，所以这样解释也顺理成章。到了元朝，辞书《韵会》就把这个说法固定了下来："怜题切，音黎。瓠瓢也。"

但是，明朝有个文人叫谢肇淛不服了，它在《五杂俎》里直截了当地说："东方朔《客难》云：'以管窥天，以蠡测海。'蠡，古螺字也，注以为瓠瓢，非是。"他的依据是宋朝的辞书《类篇》，说蠡是"蚌属"，并引用了"圣人法蠡蚌，而闭户见文子"的例句。是呀，用螺的壳舀海水，"测量"海的深浅，象征意义是跟"瓠瓢"一样的，并且更有现场感。因为，螺本身就生长在海里。现在的《辞海》除了解释蠡是瓠瓢，也确认它"通'蠃'，即螺"。

在汉朝，"蠡"的确指的是螺。东汉时期的泰山太守应劭写过一本民俗著作叫《风俗通义》（后人多以《风俗通》称之），其中有夸奖鲁班师傅本领的小段子，就涉及蠡。书上是这样描述的："输般见水上蠡，谓之曰：'开汝头，见汝形。'蠡适出其头，般以足画图之。"输般，就是公输般，也就是人们习惯上所说的鲁班。蠡，也就是海螺，平时厣闭得紧紧的，也不知道到底长啥样。那天也是缘分，鲁班师

傅向它喊话，蠡竟然"适出其头"，鲁班师傅很轻松地用脚指头就把它画出来了。哈哈，这一定是画在沙滩上吧？鲁班师傅眼火好，绘影图形的能力不是一般的强，这也是一个国宝级的工匠超乎寻常的基本功吧。

这里有一个有趣的现象。东方朔是西汉平原郡厌次县（今山东省德州市陵城区）人，应劭是泰山太守，都是山东的。他俩所在的位置虽然没有直接靠海，但比长安街的大佬们离海近得多。他俩所说的"蠡"或许就是同一样东西，也就是"螺"。东方朔说"以蠡测海"的时候，用的是"俗话说"的方式，很可能就是山东那里的俗话，那些掌握注释大权的人如果一直待在黄土高坡上，就不一定懂山东人口中"蠡"的意思。所以，有人把"蠡"解释成"瓠瓢"，有可能是想当然的误会。

那么蠡究竟是什么螺呢？元朝的《至正四明续志》里，把当时常见的螺罗列了一下："螺，多种。掩白而香者，曰香螺。壳尖长者，曰钻螺。味次之有刺，曰刺螺。其味辛，曰辣螺。有曰拳螺、剑螺、丁螺、斑螺。又有生深海中可为酒杯者，曰鹦鹉螺；状如覆杯，头如鸟，头向其腹视如鹦鹉，故名。"这最后一条显然是承袭于三国时期万震所写的《南州异物志》的说法："鹦鹉螺，状如覆杯，头如鸟，头向其腹视似鹦鹉，故以为名。"说了这么多螺，没一个与"蠡"扯上关系的。不过我蓦然觉得"蠡是什么螺"是个伪命题，因为既然"蠡"就是"螺"，它可能就是螺的统称，不一定非要特指某一种螺。

事实上，"蠡"不是一直读"lí"音的。《康熙字典》在解释"蠡"的时候，存有《唐韵古音》的说法："落戈切，音骡。义同。"也就是说"蠡"在古音里直接读"luó"，只不过"义同"是认同《韵会》"瓠瓢也"说法。既然"蠡"是"螺"的古字，又有"luó"的读音，那"以蠡测海"何尝不可以是"以螺测海"？关瓠瓢什么事呢？

蟛蜞，

螃蟹那样蟹壳方方的蟹

宁波人在戏说"什么东西最好吃"的时候，有这么一句顺口溜："天上斑鸠，地下泥鳅。"这问题如果让唐朝诗人白居易来回答，他的答案是："乡味珍蟛蜞，时鲜贵鹧鸪。"（《和微之春日投简阳明洞天五十韵》）当时，元稹（字微之）在绍兴写了一首题为《春分投简阳明洞天作》的诗，描写宛委山以及阳明洞的自然风貌和人文景观，白居易"步其韵而和之"。在和诗里，蟛蜞和鹧鸪，是白居易眼中的江南美食，恰似宁波人口中的"天上斑鸠，地下泥鳅"。而其中的"蟛蜞"，就是宁波人所说的螃元蟹。

宁波人的老祖宗往往把"蟛蜞"与"蟛蚑"混为一谈，譬如说："蟛蜞，一名蟛蚑。"（《至正四明续志》）其实这并不确切，因为蟛蚑是一类蟹的统称，而螃元蟹只是其中的一种。这类蟹显著的共同特征是，蟹盖头（蟹壳）是方方的，像自来火（火柴）壳子。梭子蟹为什么叫梭子蟹？因为它的壳两头是尖的，像梭子；这尖尖的两头又像古代冷兵器时代的枪头——可以用红缨枪脑补一下，所以又叫枪蟹。就是因为蟹盖头的不同，让古代初到江南的北方人大呼上当：以为蟛蚑是蟹，其实"非蟹"。呵呵，其实就是蟹，不过是另一种蟹。

蟛蚏，古人也有写作"彭越"的，明朝的张岱在《夜航船》里写到过。书中说，五代后周的大臣"陶穀出使吴越，忠懿王宴之，因食蝤蛑"。古人所谓"蝤蛑"，就是现代人所说的梭子蟹，也就是枪蟹，是只头（个头）比较大的蟹。《酉阳杂俎》里介绍蝤蛑时颇为夸张："蝤蛑，大者长尺余，两螯至强。八月，能与虎斗，虎不如。随大潮退壳，一退一长。"一个在海里，一个在山上，也不知道蝤蛑与老虎如何相斗。只能说明蝤蛑是大蟹，而彭越则是个头比较小的蟹。估计忠懿王摆的是百蟹宴，"自蝤蛑以至彭越，罗列十余种以进"。陶穀似乎有点促狭，笑着对忠懿王说："此谓一蟹不如一蟹也。"

　　宁波人的老祖宗尽管把"蟛蚏"与"蟛蜞"混为一谈，但还是能区分出这类蟹的不同。譬如《至正四明续志》里说："蟛蜞：……赤者名拥剑，一螯大一螯小。又名桀步，以大螯斗，小螯食物。"意思是说，红颜色的蟛蜞，既叫"拥剑"，也叫"桀步"。其实这些名字太文绉绉了，都没有传下来，现在的宁波人用"红钳蟹"一言以蔽之。其中"以大螯斗，小螯食物"的描述，显然是承袭了唐朝宁波人陈藏器在《本草拾遗》里的说法："一名桀步，一螯极小，以大者斗，小者食。"这里的亮点是给两个蟹脚钳做了想当然的分工：大蟹脚钳是兵器，像拿了一把宝剑（拥剑），是用来战斗的；小蟹脚钳则是餐具，是用来进食的筷子。

《至正四明续志》还列举了蟛蜞的其他种类："见潮往来，出穴举螯迎之者，名招潮。潮退，徐行涂中者，名摊涂。在蛎壳中为蛎拾食，复入蛎腹者，曰蛎奴。又有倚望、竭朴、沙狗、芦虎、沙蟹之名，皆其贱类也。"虽然老祖宗最后以"皆其贱类也"作总结，让蟛蜞好没面子，但始终抓住了这些蟹"蟹盖头是方方的"这个至关重要的特点。

但是北方人就未必能弄清楚这些，即使像东晋大臣蔡谟这样身出名门、熟读诗书的大人物。如果有人说没听说过蔡谟，那我可以告诉你他的上代（从曾祖父）有一个人叫蔡邕，书法中的飞白书体就是他首创的；蔡邕有一个女儿叫蔡文姬，千古才女。你说蔡谟是不是名门之后？然而蔡谟就在蟛蜞问题上栽过跟斗，出了洋相。

《世说新语》是一部主要记述魏晋时期的人物言谈逸事的笔记小说，其中有一篇《误食彭蜞》，说的就是这桩事体。文中说："蔡司徒渡江，见彭蜞，大喜曰：'蟹有八足，加以二螯。'令烹之。"

这段文字极其简略,从"见彭蜞"到"令烹之",省略了很多过程。宁波的地方志《浒山志》里,倒有一段如何捕捉以及后期处理沙蟹(蟛蜞的一种)的记载:"大如彭越(蚎),而壳柔,足有毛,族生海涂。土人撒网罩涂,俟其满而拽之。取以作酱,捣烂,略施腊糟及盐,封贮一二日,味极佳。"

《误食彭蜞》里的蔡司徒就是蔡谟,彭蜞就是蟛蜞。文中没有说是如何捕获蟛蜞的,也没说是如何烹制的,只说了吃了以后的结果:"既食,吐下委顿。"或许因为水土不服,或者是因为烹饪方法不得当,总而言之蔡司徒的运气很不好,吃了蟛蜞之后上吐下泻,人弄得萎头萎脑,最后得出的结论是"方知非蟹"。

后来,蔡谟跟他的好朋友谢仁祖说起这件事,谢仁祖调侃他说:"卿读《尔雅》不熟,几为《劝学》死。"谢仁祖的意思里,在《尔雅》这部书里,讲到"八足,加以二螯"的动物有好几种(据说是三种),蟹只是其中一种而已,因为你没熟读,所以你不知道;你只记住了《劝学》上"蟹有八足,加以二螯"这一句,所以差点被它害死。

谢仁祖提到的《劝学》,并不是大家熟悉的荀子所写的那篇。荀子写的是:"蟹六跪而二螯,非蛇蟮之穴无可寄

托者，用心躁也。"蔡谟的上代蔡邕根据《荀子·劝学》的立意，也写过一篇《劝学》，其中有"蟹有八足，加以二螯"两句。蔡邕觉得荀子有笔误，蟹怎么是"六跪而二螯"呢？所以加以修正。蔡谟对老祖宗的文章自然熟稔在心，见到蟛蜞，喜悦之情溢于言表，所以老祖宗的文句脱口而出。而谢仁祖调侃的风趣之处也正在这里：读书不精，差点被老祖宗害死。

《误食彭蜞》里，因为蔡谟吃了蟛蜞"吐下委顿"，顿悟之下"方知非蟹"，就把蟛蜞逐出了蟹的行列——这如果不是出于刻画人物"好读书不求甚解"的性格的需要，那就是叙述中的瑕疵。

作为蟛蜞的一种——螃元蟹，宁波人是吃得津津有味，但内地人初次试味，弄不好也是要"食物中毒"的，是肠胃不适应也，非"非蟹"也。

关于蟛蜞，广东的潮汕地区也有一个调侃读书人（识字者）的故事，故事的结局成了一句流传至今的俗语——"识字掠无蟛蜞"。故事的源头，可以追溯到康熙元年。当时，反清复明的义军虽然屡战屡败，但依然屡败屡战，直至被赶到海里，还在坚持着。清朝政府无法淡定了，下了禁海令，以便隔绝义军与沿海居民的任何联系。渔民出不了海，只能在落潮的时候，偷偷摸摸地到泥涂里，抠一些蟛蜞，撮一些蛤蜊，以维持生计——但这其实也是违禁的。一次，大家又去赶海，发现海边贴着告示，不识字的人看不懂，就直接到泥涂里去了，而识字的人不由得停下脚步，想看个究竟。可想而知，告示里不是警告就是恫吓，下了海就是跨过了雷池，要么坐牢要么杀头。识字的人犹豫不决，手足无措，像热锅上的蚂蚁。当他们决定孤注一掷，也要下海的时候，潮水已经涨上来了，见不到泥涂了。于是，"掠无蟛蜞"。

"识字掠无蟛蜞"的语义，后来肯定发生了些许演变，或许已经有"敢作敢为""不墨守成规""敢为天下先"的意思了。但是，就其故事的本源来说，就是无知者无畏，就是撑死胆大的饿死胆小的——这样调侃识字的人，多少让人感到有些心酸。

蛏子，有个劝人为善的故事

四五月份,春暖花开,莺飞草长,是蛏子最肥硕的时候。所以在宁波先贤、明代诗人沈明臣(1518—1596)眼里,尽管"四月江村有薄寒",但有一样好,那就是"麦叶蛏肥客可餐"。肥硕的蛏子是什么样子的呢?按《宝庆四明志》里的说法,是"其肉甚肥,壳不足以容之"。这情形,就像一个胖胖的女人,穿了一件紧身旗袍,怎么看,都觉得"不足以容之"。

　　蛏子,这个"生海泥中,长二三寸,如大拇指"(《宝庆四明志》)的家伙,开吃之前,先要洗去海泥——海泥让蛏子承受了"不白之冤"——洗去污垢之后,才发现它的肉是洁白的;还要在盐水里养一养,让它"吐故纳新"。养过之后,一般有两大收获:一是发现蛏子的肉不光洁白,还近似于晶莹;二是觉得仓颉造字的时候,恰好蛏子的两根苏头伸出来,于是灵光闪现,就有了贝壳的"贝"字——繁体字的"貝",更像!

　　蛏子是家常菜,味道不错,可以用来下酒。《大唐狄公案》里有这样一段文字——马荣不敢执拗,拱手道:"卜先生、金相公,此刻少陪了,等我们回去衙门销了差,再来奉陪你们痛饮几盅。"说着向酒保只要了几色海蛎、龙虾、蛏子等海味并三碗甜酒。这说明唐朝的时候,蛏子已经是受人们青睐的下酒菜了。当然,《大唐狄公案》是荷兰汉学家罗伯特·汉斯·范·古利克(Robert Hans Van Gulik,1910—1967)写的,他的中文名高罗佩或许更让人熟知。他对中国文化十分痴迷,竟然还取了字、号(字忘笑,号芝台),住所取名犹忘斋、吟月庵。尽管如此,用他的文字来反映唐朝的风物,终究是隔了一层。

　　《红楼梦》是典型的国粹,但《红楼梦》里的蛏子不是新鲜的,而是蛏干,不过身价也不同了,成了上好的礼品。《红楼梦》第五十三回《宁国府除夕祭宗祠　荣国府元宵开夜宴》里写道,黑山村的乌庄头给宁国府贾珍送来的过年礼物是:大鹿三十只。獐子五十只。狍子五十只……蛏干二十斤。榛松桃杏瓤各二口袋。大对虾五十对……蛏子赫然跻身于珍品的行列。

　　从蛏子到蛏干,袁枚的《随园食单》里记有"程泽弓蛏干"的做法:"程泽弓商人家制蛏干,用冷水泡一日,滚水煮两日,撤汤五次。"这样折腾,很担心蛏子的鲜味都逃光了。这容易让人想起"哀梨蒸食"的典故,暴殄天物呀!《世说新语·轻诋》里有这样一段文字:"桓南郡每见人不

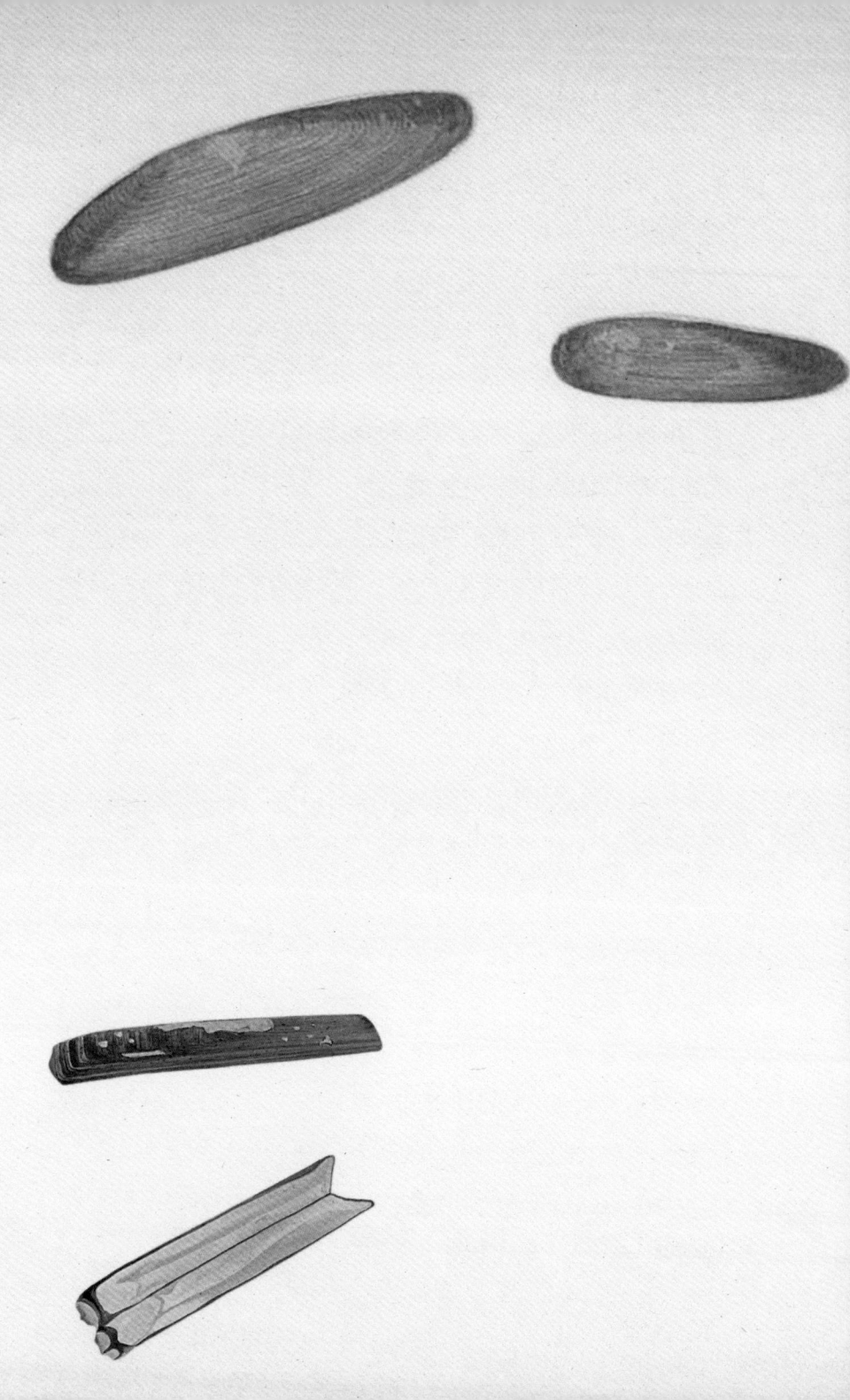

快,辄嗔云:'君得哀家梨,当复不蒸食不?'"意思是说,你得了哀家梨,该不会是蒸着吃吧?"哀家梨"传说是汉代秣陵(今南京一带)人哀仲家里种的梨,个儿特大,入口而化,是当时的名梨。人们常说"如食哀家梨",来比喻说话流畅,文章爽利。哀梨蒸食,就是把哀家的梨蒸了吃,说明不知好歹,把好东西胡乱糟蹋了。那么,把蛏子弄成蛏干,会是怎样的情形?袁枚接着说:"一寸之干,发开有二寸,如鲜蛏一般,才入鸡汤煨之。扬州人学之,俱不能及。"这说明蛏子真的是鲜味十足,煮了又煮(滚水煮两日,撤汤五次),制成干,用水发一下,依旧"如鲜蛏一般",怪不得可以上往宁国府送礼的礼单。程泽弓是扬州盐商,但祖籍徽州,他的蛏干制作工艺估计是从徽州带过去的,所以"扬州人学之,俱不能及"。

蛏子味道鲜美,但不能多吃,贪婪地吃,吃多了就吃出罪过来。"绍兴三十一年,朝散郎李浚监通州支盐仓。并海多产蛏,居官者必以为鲊醢,饷遗亲故。浚所买颇多。"(《夷坚志·李朝散》)那是1161年的事情,朝散郎李浚到位于江苏南通的盐业分公司当经理。朝散郎其实并不是什么大官,从七品而已,但应酬还是很多,餐餐有海鲜,顿顿有蛏子,不亦乐乎。

不料,蛏子吃多了,会做乱梦。"一夜,梦若游他处官府,见神人冕服正坐,呼谓之曰:'汝近日何得广杀生?合减一算,吾念汝吉坐也,已从恕,自今后当力戒之……'"李浚在梦里受到了警告,"杀生"太多,"合减一算",影响寿命呀。好在"已从恕",算是重重拿起轻轻放下。

为什么李浚能够得到宽宥,据梦里的人自我介绍,"吾姓俞氏,而名从立人",生前是"宣教郎"。现在死了,还做官,"见掌百禽兽水族"。换句话,蛏子也在他的管辖庇佑范围。为什么要友情提醒,是因为"生前与汝为姻戚"。说完,"遂辞去"。但旁边有人插了一句:"看经与道士着。"

李浚醒来后一想,估计是惊出了一身冷汗:老婆姓俞呀,那个名字里有单人旁的,的确是老婆的上代!但"看经与道士着"是什么意思,他百思不得其解。

第二天,他就迫不及待地去问当地人,"始知蛏有两种:小曰孩儿蛏,大曰道士蛏"。他恍然大悟,梦中所说的"道士",原来指的是"道士蛏"。于是"亟唤僧诵经资荐之",做一场法事,阿弥陀佛阿弥陀佛,算是超度那些被自己吃下肚子的蛏子。估计经此一事,朝散郎李浚再也不敢

169

吃蛏子了。

李浚任职期满回到老家,告诉妻子的族人:我梦见了你们的上代俞佚了,他曾经"以宣教郎知德清县"。无巧不成书,没几天,李浚的老婆也梦到了上代,俞佚告诉她:"我今为神,实掌鳞羽诸兽,当为我造冕服。"呵呵,看来神也不是万能的,一套"冕服"还得向人间索要。不过上代托梦,哪有不从命的。"妻如其请,仿祠庙中规范绘饰,设斋祭供,焚而献之"。

这是记载在《夷坚志》(丁卷)里的一个故事,看上去相当神奇,但听起来也相当荒诞。《夷坚志》的作者是宋代大文人洪迈,他最有名的一本著作是《容斋随笔》。洪迈记录李朝散的故事,很可能是因为"俞之侄孙瀹,刻石记其事":人家都刻石为证了,即使再无稽之谈,我且不妨先记下来。

《夷坚志》里也有宁波老底子的故事,其中一则说的是"明州定海县人蒋员外者,轻财重义"。这个定海县就是现在的镇海,当时,舟山的定海还叫翁山。故事里,蒋员外的"子侄不肖鬻田产",其"必随其价买之","既久,度其无以自给",重新还给子侄,"不取钱"。并且这样的事情,"至有数四者"。有一次,蒋员外"泛海欲趋郡",碰到大风浪了,船"为回风所击","遂溺水"。"舟人挽其衣救之,不可制"。但是,蒋员外大难不死。在"舟行如飞"的情况下,船上的人"遥见一人冉冉立水上,随风赴舟所,视之乃蒋也"。蒋员外获救的原因是"方溺时觉有一物如蓬,藉吾足,适顺风吹蓬相送,故得至"。故事很离奇,但洪迈记录了信息来源:"李郁光祖说。"

　　蒋员外的故事与李朝散的事情其实有相同之处,都是以"不可思议"(其实有着浓厚的因果报应色彩)的经历,劝人积善,好心有好报。

　　从唯物论的观点来看,因果报应就是封建糟粕。不过,正像鲁迅先生所说的:"凡作者,和读者因缘愈远的,那作品就于读者愈无害。古典的,反动的,观念形态已经很不相同的作品,大抵即不能打动新的青年的心(但自然也要有正确的指示),倒反可以从中学学描写的本领,作者的努力。恰似大块的砒霜,欣赏之余,所得的是知道它杀人的力量和结晶的模样:药物学和矿物学上的知识了。可怕的倒在用有限的砒霜,和在食物中间,使青年不知不觉的吞下去……"(《准风月谈·关于翻译(上)》)诚哉斯言。洪迈名气再大,《李朝散》故事再离奇,蛏子就是令人喜爱的海鲜,想吃就吃。我们取其精华去其糟粕,"酒肉穿肠过,佛祖心中留",善哉善哉。

明州的**蚶子**,该不该送往长安

蚶子，古人称其为"瓦屋子"，"以其壳上有棱如瓦垄，故名焉"(《岭表录异》)。的确，拿起一枚蚶子壳，眯缝着眼睛端详它，良久，眼前仿佛是一片童话般的屋脊。

蚶子，肉嫩味美，这如同司马昭之心，路人皆知，是上好的下酒菜。套用我国古代章回小说的说法，有诗为证："旧笺虫介甘性温，樽俎风流每策勋。况复铺糟小醒后，眼中群品此其君。"

此诗为南宋的陈造所作，题目是《谢张德恭送糟蚶三首》，这是其中一首。

陈造在绍熙二年(1191)，"知明州定海县"，也就是说在宁波镇海当县官老爷；五年后，即庆元二年(1196)，又到别处赴任。据说陈造在镇海的时候官当得还行，有人称其"减斥卤之课，蠲失额之粮，治行称最"。

陈造虽然官当得不错，但上面这首诗写得并不怎样，用典过多，佶屈聱牙，好在有一句"眼中群品此其君"，让我们懂了：在张德恭送的糟蚶面前，别的菜肴都要俯首称臣——"此其君"嘛。

陈造吃的是糟蚶，并不是新鲜蚶子，估计这是他从镇海离任以后发生的事情。在镇海，新鲜蚶子的味道难道会逊色于糟蚶？不过有一点可以肯定，在南宋，官员收受糟蚶肯定不算纳贿，可以光明正大地写成诗，还可以把赠送人的名字写在题目里。

最味美的蚶子肯定是新鲜蚶子，用开水泡一下，壳似张未张，肉半生里熟（似熟未熟），蘸点酱油，味道好极了。缺点是，这样的蚶子看上去血出糊喇，有点瘆人。历史上有名的呆大皇帝晋惠帝司马衷（259—307），就被新鲜蚶子吓着过。

据南北朝时期梁元帝萧绎撰写的《金楼子》记载："晋惠帝昏酒过常，每见大官上食有蚶，帝惨然作色曰：'自令勿复制此，糜费人力。'"（《金楼子卷二·箴戒篇二》）

为什么说晋惠帝是呆大皇帝？因为面对"天下荒乱，百姓饿死"，他傻乎乎地留下了千古一问："何不食肉糜？"没有粮食，不是还有肉糜嘛！痴呆如此，空前绝后。不过平心而论，倘若晋惠帝说的是"民如草芥，饿死活该"，那是暴君；说"何不食肉糜"，说明还知道"民以食为天"，吃饭是要紧的事情，现在五谷杂粮没了，他也在往吃什么方面动脑筋、想办法，守住了纲常伦理，只能算是昏君。但就是这样的昏君，面对宴席上的新鲜蚶子，说了一句体恤民情的话:"自令勿复制此,糜费人力。"凭良心讲,吓着晋惠帝,令其"惨然作色"的不是蚶子的血出糊喇,而是"糜费人力"。

不就是吃蚶子嘛,咋就"糜费人力"了?因为,晋朝的都城洛阳并不出产蚶子,蚶子都是从遥远的滨海产地运过来的。新鲜蚶子很容易变质败坏,送到洛阳需要各驿站层层传递,快马加鞭,这不是"糜费人力"又是什么?从"何不食肉糜"到"自令勿复制此,糜费人力",晋惠帝虽然愚蠢,但自有其感性、"性本善"的一面。

《金楼子》中的记载,没说明晋朝时进贡的蚶子出自哪里,但到了唐朝,进贡的蚶子几乎都来自明州(宁波)。宁波的蚶子味道好呀,"眼中群品此其君"嘛,于是"明州岁贡蚶、蛤、淡菜"(《资治通鉴·唐纪五十六》),"每年进淡菜一石五斗、海蚶一石五斗"(《浙东论罢进海味状》)。这样的供应量,肯定涉及连昏君晋惠帝都察觉得到的"糜费人力"的问题,因此"明州的蚶子,该不该送往长安",成了一道不大不小的选择题。

最先感觉不妥的,是孔子的第三十八世孙孔戣(752—824)。那一年是唐宪宗元和十二年(817),"国子祭酒孔戣为华州刺史"。当时,"明州岁贡蚶、蛤、淡菜,水陆递夫劳费",于是孔戣"奏疏罢之"(《资治通鉴》)。《新唐书》的记述稍微详细一点,还捎带了"奏罢之"的理由:"以为自海抵京师,道路役凡四十三万人",劳民伤财。"道路役凡四十三万人",的确是数量惊人,触目惊心。唐宪宗对这份奏疏的感觉是:"词甚忠正。"(《旧唐书》)

唐宪宗是否下令明州的蚶子不要再进贡了,不得而知,但对这份奏疏的印象是十分深刻的。那一年,岭南节度使崔咏死了,宰相拟了一份继任者的名单,有"数人",以便皇帝钦点任命。"上皆不用"——名单上的人,没一个看上眼的。唐宪宗说:"顷有谏进蚶、蛤、淡菜者为谁?可求其人与之。"唐宪宗记性也好也不好,好的是他记住了"谏进蚶、蛤、淡菜"的奏疏,不好的是记不得是谁上的奏疏。当然,这不是什么大问题,查一下文档就行了。最终,没有悬念,"以戣为岭南节度使"。

孔戣是得到了重用,但孔戣的奏疏多半打了水漂。明州蚶子的味道实在是太好了,估计朝廷里有很多人欲罢不能呀。因此,到了唐穆宗长庆三年(823),皇帝都换了,还有官员在为"糜费人力"的事情痛心疾首。这个人,就是元稹（779—831）。

元稹写过一首十分有名的"离思"诗："曾经沧海难为水,除却巫山不是云。取次花丛懒回顾,半缘修道半缘君。"以表达对亡妻韦丛的悼念之情。据说,元稹在娶韦丛之前,是有"有情人"的,此女便是崔莺莺。所以,从人物关系的渊源上来说,元稹是《西厢记》里张生的原型。连鲁迅先生都说："元稹以张生自寓,述其亲历之境。"(《中国小说史略》)元稹的情感生活无法"一言以蔽之",但他的官声是好的,有口皆碑。

在白居易为元稹写的墓志铭里,说了这样一件事:元稹原来是同州刺史,"二年改御史大夫浙东观察使",将要离开同州的时候,"同之耆幼鳏独,泣恋如别慈父母,遮道不可通"。没有像样的政绩,老百姓不会这样依依不舍的!

元稹在来浙东赴任的路上,就想到了一个与宁波有关的问题："明州岁进海物,其淡蚶非礼之味,尤速坏,课其程,日驰数百里。"于是"公至越,未下车,趋奏罢"。一般来说,"下车伊始",也算勤勉了；元稹是"未下车,趋奏罢",人还没到衙门,奏疏已经发出去了。

元稹的奏疏在《全唐文》里留下了完整的文本,这就是《浙东论罢进海味状》。元稹在奏疏里,回顾了明州海味的进贡历史。"起自元和四年",也就是公元809年,当时的皇帝是唐宪宗,"每年每色令进五斗"。"至元和九年",也就是公元814年,"因一县令献表上论,准诏停进"。"至元和十五年,伏奉圣旨,却令供进,至今每年每色各进一石五斗"。

元稹的回顾,或许有纰漏。按元稹的说法,明州的海味元和九年(814)"准诏停进",元和十五年(820)"伏奉圣旨,却令供进"。也就是说,有六年时间,明州是不用向长安进贡海鲜的。但倘若果真如此,那又有孔戣什么事?孔戣可是在元和十二年(817)"奏罢之"的呀。不过有一点可以肯定,对于"明州的蚶子,该不该送往长安",朝廷的意思是反反复复的。

元稹在奏疏里说了自己赴任途中的所见所闻:"臣昨之任,行至泗州,已见排比递夫。"泗州相当于现在的江苏盱眙一带,元稹没有看到活蹦乱跳的小龙虾,却看到了摩肩接踵的"快递小哥"——递夫。当然,这"快递小哥"是没有任何报酬的,服劳役而已。元稹深入群众,询问了一下情况，了解到"至十一月二十日方合起进，每十里置递夫二十四人"。文学家兼朝廷官员的元稹，文科成绩一流，理科水平也不一般，他就地取材，马上算了一道数学应用题："明州去京四千余里，约计排夫九千六百余人。假如州县只先期十日追集，犹计用夫九万六千余功，方得前件海味到京。"

元稹是文学大家，知道"摆事实讲道理"不能平铺直叙，要迂回曲折，"文似看山不喜平"嘛。于是他先说了"先皇帝特诏荆南，令贡荔枝"的事情，说"陛下即位后，以其远物劳人，只令一度进送，充献景灵，自此停进"，实在是太英明了，"当时书之史策，以为美谈"，青史留名呀。接着，又说了"去年江淮旱俭"的事情，"陛下又降德音，令有司于旨条之内，减省常贡"。一句话，"斯皆陛下远法尧舜，近法太宗，减膳恤灾、爱人惜费之大德也"。看似高帽子一顶接一顶，但其中的"道德绑架"也可以说是泰山压顶。

接下来，元稹话锋一转，数落起海味的不是来："况淡菜等，味不登于俎豆，名不载于方书。海物咸腥，增痰损肺。俗称补益，盖是方言。"所谓"海物咸腥，增痰损肺"，元稹其实是信口开河，胡说八道，忽悠皇帝书读得少而已。

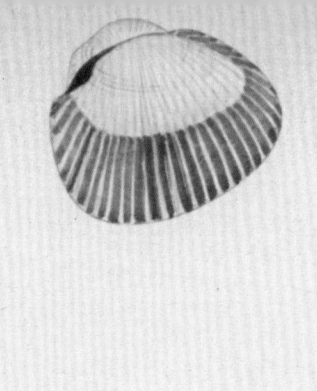

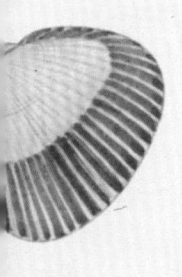

如果深究一番，恐怕有欺君之罪。因为成书于唐开元年间（713—741）的《食疗本草》（孟诜撰），对蚶子的食疗功能就有介绍，非"名不载于方书"也。《食疗本草》上说，蚶子"主心腹冷气，腰脊冷风。利五脏，健胃，令人能食"，"温中，消食，起阳"，"益血色"……效用一大串。这里，元稹隐去了蚶子，以"淡菜等"概括之，也算是一种策略。作为海鲜，淡菜岂能与蚶子同日而语？不过此时此刻，元稹的信口雌黄咋让人觉得是振振有词的呢。

元稹的意思其实很简单，皇帝您是好人，而海味并不是什么好东西，既然如此，"每年常役九万余人，窃恐有乖陛下罢荔枝、减常贡之盛意"。言下之意，一件不恰当的事，抵减了您所做的两件功德无量的好事，这是一种过失；尽管这是"守土之臣不敢备论之过也"。

别人不敢说，但俺不得不说。元稹对皇上作推心置腹状："臣别受恩私，合尽愚恳，此事又是臣当道所进，不敢不言。"

那怎么办？元稹给出的建议是"按过去方针办"："仍乞准元和九年敕旨"。元和九年的旨意是"准诏停进"。元稹觉得"如蒙圣慈特赐允许，伏乞赐臣等手诏勒停"，那是

"海隅苍生,同沾圣泽",意义之伟大可谓无与伦比。

应该说唐穆宗还是善于听取意见的,据《旧唐书卷十六·本纪第十六·穆宗》记载:"十一月……停浙东贡甜菜、海蚶。"也算是立竿见影,雷厉风行。在《全唐文》里,元稹的奏疏附有有关部门的回应。有关部门说:奉敕——也就是奉皇帝的命令——如闻浙东所进淡菜、海蚶等,道途稍远,劳役至多。起今已后,并宜停进。其今年合进者,如已发在路,亦宜所在勒回。

元稹的奏疏,实实在在地为"快递小哥"减负了,"自越抵京师,邮夫获息肩者万计"。大家知道了结果,表达喜悦的方式是"道路歌舞之"。元稹又一次让众人点赞了。

当然,元稹在浙东办的实事还有很多:"辨沃瘠,察贫富,均劳逸,以定税籍,越人便之,无流庸,无逋赋";"命吏课七郡人各筑陂塘,春贮雨水,夏溉旱苗,农人赖之,无凶年,无饿殍","在越八载,政成课高"。不过这些都是题外话。

关于"明州的蚶子,该不该送往长安"的问题,由于元稹的出面,至少在唐穆宗时代,有了明确的答案。

到了南宋,蚶子又成了京城的一大佳肴。《梦粱录》

卷十六里有"分茶酒店"一节，列了一份市面上的"食次名件"，其中涉及蚶子的有：生蚶子、炸肚燥子蚶、枨醋蚶、五辣醋蚶子、蚶子明芽肚、蚶子脍、酒烧蚶子、蚶子辣羹。那时京城是在杭州，倘若朝廷再要从宁波进贡蚶子，恐怕很难再扣"糜费人力"的帽子了。

当 **海带** 不正经的时候

翻看古籍，"海带"字样最早应该出自《后汉书》："其事昭昭，日月经天，河海带地，不足以比。"可惜的是，虽有"海带"二字，但句读应该是"河海／带地"，与作为海鲜的海带没有丝毫关系。这如同"面向未来，没有什么困难过不去的"，这里没"难过"这个词语什么事。

其实，"河海带地"与"日月经天"是一样的词序结构，但人家"日月经天"升格为成语了，"河海带地"什么也不是，依然是生僻词语——这，要怪郑板桥。郑板桥待在江苏镇江焦山别峰庵的时候，"雨中无事"，给弟弟写了一封信，议论起古人的文章好坏来："刘向《说苑》《新序》，《韩诗外传》，陆贾《新语》……皆汉儒之矫矫者也。虽有些零碎道理，譬之《六经》，犹苍蝇声耳，岂得为日月经天、江河行地哉！"（《焦山别峰庵雨中无事书寄舍弟墨》）郑板桥除了把"汉儒之矫矫者"的著作与《六经》相比，说得一文不值，"犹苍蝇声耳"，还把"日月经天、河海带地"的原配关系给拆散了——从此，人们只知道"日月经天、江河行地"是天造地设的一对儿。

古籍中一本正经地提到海带的时候，它已经是一道名菜了，还是出现在宫廷的宴席中。《梼杌闲评》（又名《明珠缘》），是明末一部描写宦官魏忠贤的小说，作者不详，其第二十二回《御花园嫔妃拾翠　漪兰殿保姆怀春》里，有这样的描述——

　　园中观看不尽。走到殿上。见摆着筵宴，正中是中宫娘娘，东西对面两席是东西二宫，侧首一席是皇太子妃，其余嫔妃的筵席都摆在各轩并亭馆中。果是铺得十分齐整。但见：……看盘簇彩巧妆花，色色鲜明；接席堆金狮仙糖，齐齐摆列。金虾干、黄羊脯，味尽东西；天花菜、鸡鬃菌，产穷南北……蟹螯满贮白琼瑶，鸭子齐堆红玛瑙。燕窝并鹿角，海带配龙须……

　　小说里，提到宫中的美味佳肴，海带与燕窝、鹿角相提并论，可见当时其并非等闲之物，深得皇家恩宠。怪不得当代作家二月河在《乾隆皇帝》一书里，也把海带送上了皇家食谱："此时筵桌已经摆布停当，只见太后一桌，正中一个寿山福海大攒盘，两个热锅，一个野鸡片……再向外是葱椒鸭子、炒鸡丝、炖海带丝、羊肉丝、煳猪肉各一盘……"（第二十六章《刘统勋莽闯庄王府　老太后设筵慈宁宫》)似乎没有海带佐餐,这宫里的餐桌上就少了一样什么东西。

现在,海带就是等闲之物,根本算不上稀罕,拿来待客,丝毫没有沾沾自喜的自豪感。倘若小说的描述当真,这就很容易让人产生一种"旧时王谢堂前燕,飞入寻常百姓家"的恍惚感。

在古籍中不一本正经提到海带的是《警世通言》。书中说,孽龙因为在豫章兴风作浪,水患不断,祸害百姓,它的子子孙孙无论有没有幻化为人形,差不多都被道士许逊诛杀殆尽。孽龙到南海龙王敖钦第三位太子那里去哭诉,"那太子奔杀豫章,要拿许逊,与孽龙报仇"。为孽龙两肋插刀的三太子,穿着打扮是这样的:"重叠叠鳖甲坚固,整齐齐海带飞斜。"(《警世通言·旌阳宫铁树镇妖》)在这里,海带成了三太子身上披挂的一部分,以其飘逸,与坚固的鳖甲形成对比。这形象,有喜感。可惜的是,三太子在与许逊的鏖战中,被观世音菩萨给收了,"壮志未酬"。

不过最不正经的海带,当属网络电影《海带》里的海带,它竟然是外星人。这要放在古代,也就是《聊斋志异》;在当今,则叫作"科幻电影"。

其实,《海带》算不上是纯粹的科幻电影,海带作为外星人只是完成了一种假定性的设定,电影围绕的还是精神病人和常人的沟通与信任问题。影片中,已经痊愈、即将出院的精神病人卫仁磊,在海钓的时候没有钓到鱼,却钓到了海带。海带告诉他,自己是外星人。海带又告诉他,几天以后,海带星人将攻击地球。海带还告诉他,你要活命,就站在空旷的地方,身上缠绕海带,作摇曳状,海带星人将把你视作同类,接上飞船,幸免于难。而这次海钓,正是精神病院的最后一次测试,以验证病人是否痊愈。

影片《海带》打着科幻片的幌子,实际上走的是伦理剧的路子,但由于它的设定——海带是外星人——过于特殊,超出了人们的常识认知,所以颇有几分荒诞的意味。卫仁磊不敢告诉医生自己在海钓中的事情,怕被认为是精神病人的幻觉,影响出院;但他不能不告诉自己的家人和最要好的同学,他要尽可能拯救更多的人。荒诞的剧情由此展开。但是,没有人相信他,大家都觉得这是精神病人的臆想……一本正经地把海带设置成外星人,这里有太多的不一本正经的元素,因此常人的误解就变得可以理解和原谅了,那么对于人性的拷问,就显得弱了。人一旦被贴上"不正经"的标签,就离信任远了;影片也一样。

　　转念一想,海带毕竟是寻常海味,所以拿它的不正经的角色转换说事,也是在成全它的存在感。人类社会也一样,小人物,不来点搞笑的、滑稽的,或许永远无法登上台面。

虚幻的鲻鱼与真实的鮸鱼

在古代，魔术这件事干得好了，就可能被尊奉为神仙。传说中的神仙有很多能耐，有很大的能耐，这能耐之一，就是无中生有，就像是变戏法似的。那反过来说，戏法变得好，天衣无缝，天机没有泄露，人家就会觉得你不是一个凡人而是神仙。介象就是这样一个人，这样一位"神仙"。

东晋的道教学家葛洪写过一本《神仙传》，讲了92位仙人的事迹，介象就位列其中。《神仙传》里说："介象者，字元则，会稽人也。"既然是"会稽人也"，我可以以一种掌握了唯物辩证法的优越感来断定，介象是人不是神。当然也许有人会说，介象原先是人，后来得道成仙了呀。对于这种无稽之谈，不管你信不信，反正我是不信的。

《神仙传》里介绍介象的能耐有很多，譬如"能茅上燃火煮鸡，鸡热而茅不焦"，又譬如"能令一市人皆坐不能起，能隐形变化为草木鸟兽"，能耐大了去了。人怕出名猪怕壮，介象这样有名，于是"吴王诏征象到武昌，甚敬重之，称为介君"。介象在武昌的待遇不错，吴王"为象起第宅，以御帐给之，赐遗前后累千金"。注意这里的用词："起第宅"。现在的宁波方言还称造房子为"起屋"，可谓古风盎然。

吴王"从象学隐形之术，试还后宫及出入殿门，莫有见者"。不知道吴王学这个偷偷摸摸的本领干吗，又不去做贼。帝王行止，本不该光明正大、堂堂正正的吗？

当然，不能每天都"学隐形之术"，快乐教育嘛，有时候也可以聊聊吃吃喝喝的事情。有一天，两人"共论鲙鱼何者最上"，介象认为是"鲻鱼为上"。所谓"鲙"，其实是海鲜的一种处理方法，与鱼联系在一起，说白了，就是把生鱼片切成细条的丝。如果是肉，这种处理方法叫"脍"，脍炙人口的"脍"；如果是鱼，自然就是"鲙"。

当然，古籍提到"鲙"的时候，也不一定是指"把生鱼片切成细条的丝"，也有例外。譬如明朝著名小说家冯梦龙写的笔记小说《古今谭概》里有一则文字，说到唐朝"御史娄师德使至陕"的事情，当时"则天朝大禁屠杀"，是不允许杀鸡宰羊的，厨师竟然端上了羊肉。娄师德好生奇怪，问道："何为有此？"厨师说："豺咬杀羊。"娄师德觉得这豺太有才了，咬得太是时候了，于是脱口而出："豺大解事。"一会儿，厨师"又进鲙"。娄师德"复问之"，厨师又是一句"豺咬杀鱼"。这次，娄师德是气不打一处来，"叱曰"："智短汉！何不道是獭？"这里提到的"鲙"，其实是鳜鱼，怎么会是被豺咬死的？应该说是被水獭咬死的才合情合理呀。娄师德显然是希望厨师说谎的，这样吃鱼吃肉就不违反朝廷的禁令了，但他不希望没文化的厨师刻舟求剑般地说谎，那样就无法自圆其说了。

作为"把生鱼片切成细条的丝"的鲙，介象认为"鲻鱼为上"。或许鲻鱼的确是鱼中佳品，尤其是大的鲻鱼。明朝的张岱在《夜航船》里写过一则子鱼的故事，这子鱼就是鲻鱼的别称。故事里说，宋高宗的生身母亲显仁太后对秦桧的老婆说："子鱼大者绝少。"秦桧的老婆口无遮拦地回答："妾家有大者。"秦桧知道后大惊失色，这不是权倾朝野嘛！这不是不打自招嘛！责怪老婆失言了，就装傻充愣、李代桃僵地"乃以青鱼百尾进"：呈上鲻鱼，请太后笑纳。太后笑着说："我道这婆子村，果然！"呵呵，太后自以为聪明，其实是被秦桧蒙骗了。

回到吴王的宫殿上来，吴王并不否认"鲻鱼为上"的说法，但觉得远水解不了近渴呀："此鱼乃在海中，安可得乎？"介象说，没问题，我可以给你见证奇迹。于是"令人于殿中庭方坎者水满之，象即索钓饵起钓之"。本来是课余闲谈，现在竟成了教学示范，"垂纶于坎中，不食顷，得鲻鱼"。

鲻鱼古时候有一个别名,叫作"跳鲸"。据《岭表录异》记述,渔民捕获鲻鱼并不是采用垂钓的方式,也不是用渔网捕捞,是鲻鱼自个儿跳到渔船上的。因为刘恂曾经问过渔民,为什么叫它跳鲸呢?渔民告诉他,"捕者仲春于高处卓望,鱼儿来如阵云,阔二三百步,厚亦相似者。既见,报鱼师"。于是,所有的渔船都"争前而迎之"。稀奇的是,"船冲鱼阵,不施罟网,但鱼儿自惊跳入船,逡巡而满"。一句话,"以此为鲸,故名之'跳'"。临了,渔民还不忘告诫刘恂,渔船离开的时候,"不可当鱼阵之中,恐鱼多压沉故也"。其实,渔民的担心是多余的,刘恂就一官员(广州司马),他又不会亲自出海捕捞鲻鱼。当然,《岭表录异》的记述,对于《神仙传》里介象在吴王的宫殿里钓起鲻鱼,只能算是后话。因为一个是三国时期的事情,一个是唐朝的事情。

再次回到吴王的宫殿上来,吴王看见介象凭空钓起了鲻鱼,是又惊又喜:介君,不,介老师,你太厉害了!但就是有点不放心:这,能吃吗?介象说,特意为陛下用来做鲙的,怎么不能吃?"乃使厨人切之"。

现在吃生鱼片,用的调料是芥末,那时候做鲙鱼用的是生姜。吴王是个挑剔的吃货,对怎样吃实在是太讲究了。吴王觉得四川的生姜最好了,"得姜作鲙至美,此间姜不及也"。问题是"蜀使不来","何由得乎"?等蜀使姗姗来迟,这鲻鱼不已经臭掉了呀。介象胸有成竹,拍着胸脯说:"易得耳。"具体办法是,"愿差一人,并以钱五千文付之。象书一符,以著竹杖中,令其闭目骑杖。杖止便买姜,买姜毕,复闭目"。

那个由介象委派的人,按照介象所说的方法,"骑杖须臾已到成都"。"问人,言是蜀中也,乃买姜"。无巧不成书,那个时候,"吴使张温在蜀",张温的随从"恰与买姜人相见","于是甚惊,作书寄家",算是有了一份相当扎实的旁证材料。转眼工夫,"此人买姜还厨中,鲙始就矣"。

葛洪把介象的神仙能耐描写得活灵活现,一条凭空而来的鲻鱼,做成了美味的鱼鲙,且用的是从千里之外的成都买来的生姜,不由得你不信。但,我还真的不信,总觉得这正如古人所调侃的:"人闻长安乐,则出门向西而笑;知肉味美,则对屠门而大嚼。"写过著名的《七步诗》的曹植认为:"过屠门而大嚼,虽不得肉,贵且快意。"因此,我觉得葛洪在写这段故事的时候一定也充满了快意。

对这个故事不信的,并不是我一个人,隋炀帝的大臣虞世基也不信。虞世基何许人也?他是著名书法家虞世南的哥哥。虞世基当时的籍贯应该填写为"会稽余姚",但按现在的区域划分落实起来,他是宁波慈溪观海卫鸣鹤场人。虞世基说:"术人之鱼既幻,其鲙固亦不真。"哈哈,物质决定意识,而不是意识决定物质。皮之不存,毛将焉附?虞世基的话,充满了辩证唯物主义思想的光辉。

虞世基说这话的时候,刚刚是"吴郡献海鯸干鲙四瓶"。吴郡进奉的干鲙是鯸鱼做的,而不是鲻鱼。这瓶也不是现在意义上的小瓶子,而是"瓶容一斗"。并且吴郡"并状奏作干鲙法",连制作的配方也呈上了。隋炀帝龙颜大悦,"示群臣云":"昔术人介象于殿庭钓得海鱼,此幻化耳。亦何足为异?今日之鲙,乃是真海鱼所作,来自数千里,亦是一时奇味。"看来隋炀帝是读过《神仙传》这本书的,也觉得介象"于殿庭钓得海鱼",不过是幻化而已,不可信!可咱们这个"乃是真海鱼所作",可谓是"一时奇味"——扬扬自得溢于言表。于是,虞世基恰到好处地进行了补充说明。看来,虞世基在皇帝面前是能说得上话的人,有搭话的资格。隋炀帝说完这些,就把美味拿出来让大家分享了,"出数盘以赐近臣"。这里,我看到了隋炀帝很正面、阳光的一面,独乐乐不如众乐乐,好东西就是用来分享的。尽管这里多少有一些炫耀的成分。

这是记录在宋朝书籍《太平广记》里的一则史料,小标题是《吴馔》,此篇的目的主要是介绍吴地的饮食,资料来源于唐朝的书籍《大业拾遗记》。"大业",就是隋炀帝的年号。因为着重在于展示"吴馔",所以《太平广记》把介绍"作干鲙之法"当作了重点:

当五六月盛热之日,于海取得鲩鱼。大者长四五尺,鳞细而紫色,无细骨不腥者。捕得之,即于海船之上作鲙。去其皮骨,取其精肉缕切。随成随晒,三四日,须极干,以新白瓷瓶,未经水者盛之。密封泥,勿令风入,经五六十日,不异新者。取啖之时,并出干鲙,以布裹,大瓮盛水渍之,三刻久出,带布沥却水,则皭然。散置盘上,如新鲙无别。细切香柔叶铺上,筋拨令调匀进之。海鱼体性不腥,然鳍鲩鱼肉软而白色,经干又和以青叶,暂然极可啖。

这段文字没有什么故事性,但说明详细,有很强的可

操作性。这种海鲜的加工处理方法或许已经失传，倘若能仿照一试，很可能就是味蕾的一种历史性穿越，让我们尝到隋炀帝吃过的"海鯸干鲙"。这种穿越，终究要比骑着竹竿到成都去买生姜要靠谱一些。

问题是，像"介象钓鱼"这样玄虚的事情，南北朝时期的历史学家范晔居然也信，并且把它写进了《后汉书》。所不同的是，主角换成了庐江（今安徽潜山）人左慈，对应的权贵则是曹操，而钓的鱼换作鲈鱼了。然而，基本情节竟然惊人的相似。

左慈"尝在司空曹操坐"，曹操对众多的来宾说："今日高会，珍羞略备，所少吴松江鲈鱼耳。"

左慈的字很有意思，叫"元放"，跟电视剧《神探狄仁杰》系列中的虚构人物"元芳"同音。当年曹操的话，颇有当下电视剧里那句被广泛引用的台词的意味："元芳，此事你怎么看？"于是，"放（左慈）于下坐应曰：此可得也"。

左慈摆的场面要比介象小，仅仅是"铜盘贮水"而已，但结果是一样的，"以竹竿饵钓于盘中，须臾引一鲈鱼出"。曹操蛮可爱的，觉得"一鱼不周坐席"，你这是给谁吃呀？你就不能多钓几条上来吗？左慈"乃更饵钩沉之，须臾复引出，皆长三尺余，生鲜可爱"。

鱼钓上来了，接下来就是"鲙鱼"环节。曹操花头很多，要求很高，说："既已得鱼，恨无蜀中生姜耳。"惦记的也是"蜀中生姜"。左慈说，没问题，"亦可得也"。曹操怕他作弊，说"吾前遣人到蜀买锦"，你派去买姜的人给我捎个口信，叫他"增市二端"。左慈说，没问题。"语顷"，派去买姜的人，"即得姜还，并获操使报命"。也就是说，姜也买来了，信也带到了。

这堂堂正正的正史，怎么越看越像是荒诞不经的《神仙传》里"介象钓鱼"的故事的翻版呢？

苔条，能够见证情怀的海鲜

苔条是一种低档海鲜。事实上，算不算海鲜，或许很多人心里存有疑虑——它，配得上海鲜的称号吗？这情形很容易让人想起《阿Q正传》里赵太爷对阿Q的诘问："你怎么会姓赵！——你哪里配姓赵！"

但从苔条的户籍证明来看，它确实来自大海，借用《大海啊，故乡》的歌词来说："海边出生，海里成长。大海啊大海，是我生活的地方，海风吹，海浪涌，随我飘流四方。"这"飘流"（漂流）二字，十分传神。

但尽管来自大海，勉强算你是海鲜吧，却是低档的，低端的，上不了台面的。别看现在的菜品里，苔条花生米、苔条小方烤也算小有名气，但苔条是配角，前者的主角是果肉（花生米），后者的主角是切得方方正正的猪肉——它们都不属于海鲜类的菜肴。这就像在一个做出某种杰出贡献的团队里，或许有某一人的名字，但自己千万不要忙着沾沾自喜，别人也不必忙着喝彩，因为此人很可能仅仅就是"苔条"而已。

宁波古代地方志里对苔条的描述是"生海水中"，"状如乱发"；后续处理方法是"干之，赤盐藏"。日子长了，吸潮了，"有汁，名曰'濡苔'"。这就是以主角身份出镜的苔条，它的卑微可想而知。正因为如此，如果有人把它当下饭，尤其把它当作长下饭，无非是两种情况：一是赤贫的，二是节俭的。前者是无奈，后者则是美德。

晏子无疑属于后者。这里所说的晏子，就是"晏子使楚"里的晏子。《晏子春秋》里，两处提到了晏子把苔条当下饭的事情。一处是《景公睹晏子之食菲薄而嗟其贫晏子称有参士之食》。这题目有点长，分解一下，就是"景公睹晏子之食菲薄，而嗟其贫；晏子称有参士之食"。里面说，"晏子相景公，食脱粟之食，炙三弋、五卵、苔菜耳矣"。说明晏子的主食是"脱粟之食"，下饭是"炙三弋、五卵、苔菜"这几样东西。"弋"，就是用带绳子的箭射鸟；"三弋"指代三种用弋射下来的鸟（哈哈，里面一定有麻雀吧）；炙，就是火烤。现在想想，这"炙三弋"绝对是让人垂涎欲滴的野味呀，但可惜那时候不是！"野人"才吃"野味"，有身份地位的人，吃的是猪肉羊肉牛肉。"五卵"，通常解释为"粗盐"。还是"苔菜"比较好懂，就是宁波人所说的苔条。齐景公听说了晏子的伙食情况，不相信呀，于是"往燕焉，睹晏子之食也"。耳听为虚眼见为实，果真如此，齐景公马上作了自我批评："嘻！夫子之家如此其贫乎！而寡人不知，寡人之罪也。"领导检讨，这，很不容易。不过，晏子的回答很有意思，要点是"以世之不足也"，"免粟之食饱，士之一乞也；炙三弋，士之二乞也；五卵，士之三乞也"。"士"，指读书人；所谓"乞"，就是所乞求和希望的。这里有趣的是，晏子"三乞"为止，没提"苔菜"，似乎餐桌上还有苔条的话，属于非分之想了。题目中所说的"参士之食"，就是指三倍于读书人的伙食，这已经很幸福了呀。于是，晏子对齐景公的亲切关怀，是"再拜而谢"。

《晏子春秋》里，另一处提到晏子把苔条当下饭的事情，是在《景公以晏子衣食弊薄使田无宇致封邑晏子辞》里。题目还是很长，解释一下就是"景公以晏子衣食弊薄"，派田无宇去宣布新给的封邑的消息，晏子推辞。这田无宇，是齐景公的姐夫。里面说，"晏子相齐，衣十升之布，脱粟之食，五卵、苔菜而已"。与上一处不同，这里，"炙三弋"没有了；"苔菜"依旧，看来苔条是长下饭。"左右以告公，公为之封邑，使田无宇致台与无盐"。这次齐景公不是简单的口头上的自我批评了，而是有强有力的扶贫措施——增加封邑！"台"与"无盐"，都是地名，是给晏子增加的封邑。但是，晏子推辞了。推辞的理由很简单，无功不受禄,决不能"说(悦)其君以取邑"。

看来,长期以苔条当下饭的晏子,是一个有美德的人,怪不得司马迁说:"假令晏子而在,余虽为之执鞭,所忻慕焉。"也就是说,司马迁愿意做晏子的马车夫。

苔条在海鲜中的地位,相当于来自陆地的白菜帮子,或者是宁波人心目中的咸齑,所以文人想表示自己清贫的,或者标榜安贫乐道的,大可拿它说事。《笠翁对韵》里说:"莲对菊,凤对麟。浊富对清贫。"在文人眼里,清贫总是比浊富来得高尚,清贫是可以用来显摆或者炫耀的美德。

清朝的万承勋写过一组《白云庄岁暮杂诗》,共五首,其中就提到过苔条。

白云庄曾是明末清初浙东学派代表人物黄宗羲所创甬上证人书院的讲学处,地处宁波西郊管江岸,现在是全国重点文物保护单位。万承勋是万斯同的侄孙,所以这白云庄对万承勋来说,也是祖上留下来的东西。并且,万承勋与黄宗羲有亲戚关系,是黄宗羲的孙女婿。厘清这些关系,无非想说明一下,万承勋并非等闲之辈,也是一个文才了得的人。

万承勋在《白云庄岁暮杂诗》第三首里写道："寒舍盘餐亦满堆，园中白菜海中苔。不知肉味真三月，辜负猫儿上席来。"万承勋这首诗写得很有趣，给人以"一惊一乍"之感。"寒舍盘餐亦满堆"，似乎虽处寒舍，菜肴还是丰盛的——"盘餐亦满堆"，不承想，定睛一看，尽是些"园中白菜海中苔"。"海中苔"，就是晏子当长下饭的苔条。"不知肉味真三月"，三个月没吃肉了，并且也没有鱼，所以"辜负猫儿上席来"——对不起，让猫儿失望了。整首诗读下来，没觉得作者是在怨天尤人，倒有一种自嘲的喜感，一种清贫生活中的自得其乐——更确切地说，是一种幽默感，让人忍俊不禁。

苔条作为平凡的海味，能够在饮食文化中，支撑起或者烘托出人的敞亮的情怀和高贵的节操来，也是它的荣幸。

鸡尾虾、三文鱼及其他

世上本没有鸡尾虾,宁波人叫得多了,也就有了鸡尾虾。

鸡尾虾是从"基围虾"的普通话读音,转换成宁波老话的读音的产物,并且是在不知道"基围虾"到底是什么东西——主要是在不清楚这三个字应该如何写的情况下转换的。要是知道是"基围虾",正常的宁波方言读音转换是"机会虾"。在宁波话中,"尾"的发音类似于英文字母"v",而"围"和"会"的发音相同,且有别于"v",用宽式国际音标来注音,读 [ɦuəi]。

基围,就是建有堤围以防水患的近海田地,当然也包括那些水塘。《清史稿》第一百二十九卷讲述"河渠"部分的时候,就出现过"基围"这个词——

乾隆元年,大学士嵇曾筠请疏浚杭、湖水利。两广总督鄂弥达言:"广、肇二属沿江一带基围,关系民田庐舍,常致冲坍,请于险要处改土为石,陆续兴建。"下部议行。

这里的"基围",似乎就是堤坝。

原始状态形成的近海水塘,往往有闸门与大海连通,渔民利用潮汐涨退的规律，引流海水，这样水塘就可以用来养殖海产品了。

基围虾，就是基围里的水塘养殖的海虾——通常是学名叫作"刀额新对虾"的那种虾，与"鸡尾"没有一丁点关系。"鸡尾虾"这样的叫法，显然是以讹传讹的产物。

因为尾巴的关系，而被另取绰号的海中之物也有，那是马鲛鱼，有些地方把它叫作"燕鱼"。因为马鲛鱼的尾巴，实在与燕子太像了，用时髦的话来说，是撞衫了，也不清楚到底谁模仿了谁，谁抄袭了谁，只能说是英雄所见略同，审美相当一致。

"三文鱼"的叫法，也有阴差阳错的因素在。我们吃的三文鱼，实际上是鲑鱼。说得更专业一点，就是大西洋鲑鱼。

在中文里，叫"gūi 鱼"的有三种。最有名的估计是鳜鱼，借了千古名句"桃花流水鳜鱼肥"的光。最陌生的估计是鱥鱼。这个"鱥"字，连简化字也没有，指的是欧洲产的一种小型鲤型鱼——minnow。现在"minnow"这个词，干脆不翻译成鱥鱼了，而是根据读音翻译成"米诺鱼"，成了多种小型鱼类的总称，当然也可能是指"无足轻

重的(小)公司""不起眼的(小型)运动队",揶揄味十足。"minnow"的发音,其实跟宁波老话里的"咪咪螺"很接近,而"咪咪螺"恰恰表示的也是"小"的意思。"咪咪螺介大"——很小且很萌。呵呵,这又是一个风马牛不相及的英雄所见略同。另外一种,就是鲑鱼。

我国古代文献里有关鲑鱼的记载,跟现在我们吃的鲑鱼(三文鱼)不是一码事。起先是指古代传说中的一种有翼梢(翅膀)会发光的飞鱼,《山海经》里说的就是这个:"又东南二百里曰子桐之山,子桐之水出焉。而西流注于余如之泽,其中多鲑鱼,其状如鱼而鸟翼,出入有光,其音如鸳鸯,见则天下大旱。"这鱼不能现身,被人"遭眼"(看见),一遭眼,就说明旱情严重。这鲑鱼,估计也只存在于传说中了。

《山海经》还提到了一种"赤鲑":"敦薨之山,其中多赤鲑。"前人在注释这段文字的时候说:"今名鯸鲐为鲑鱼。"也就是说,后来人们所说的鲑鱼,是指河豚。对于河豚的毒性,古人还是有很清醒的认识的。沈括在《梦溪笔谈》中说:"吴人嗜河鲀鱼,有遇毒者,往往杀人,可为深戒。"《太平广记》也有记载:"鯸鲐鱼文斑如虎,俗云煮之不熟,食者必死。"南北朝时期的中医著作《雷公炮炙论》描述得更为惊人:"鲑鱼插树,立便干枯。"明末清初的文学家、史学家张岱所著《夜航船》,集大成般对河豚进行了一番系统描述:"状如蝌蚪,腹下白,背上青黑,有黄文。眼能开闭,触物便怒。腹胀如鞠,浮于水上,人往取之。河豚毒在眼、子、血三种。中毒者,血麻、子胀、眼睛酸,芦笋、甘蔗、白糖可以解之。"

我国古代文献中提到的"鲑",还有一个读音"xié"。《南史》中所说的"谁谓庾郎贫,食鲑尝有二十七种",这里的"鲑"读xié,是鱼类菜肴的总称,而不是说庾郎(庾杲之)吃了二十多种河豚。当然,"食鲑尝有二十七种"是一种调侃,所谓"庾鲑",是清贫生活的代名词。

我们现在吃的鲑鱼(三文鱼),是舶来品,是大西洋鲑鱼,它的英文名称叫作 Atlantic salmon,它的核心词"salmon"(鲑)的读音类似于"三文",于是就成了三文鱼。现在倘若有人偏要还原,一定要说吃了大西洋鲑鱼,相信大多数人会不明就里。

如果说"鸡尾虾"是以讹传讹,"三文鱼"有阴差阳错的因素在,那么网络上流传的励志类的心灵鸡汤"鳗鱼的故事",那纯粹是瞎编了。

故事的大意是这样的:很久很久以前,日本渔民出海捕鳗鱼,因为船小,回到岸边时,鳗鱼几乎死光了。有一个渔民,他船上的各种设备和别人是完全一样的,可每次出海回来,他的鳗鱼都是活蹦乱跳的,卖出去的价格自然就不一样,收获也就不一样。后来,人们终于知道了这个秘密:在盛放鳗鱼的船舱里,放进一些鲇鱼,鲇鱼生性好斗,于是鳗鱼在抗争中求生的本能被激发出来了,所以就活了下来。

这个励志故事想表达的是:要勇于挑战,只有在挑战中,生命才会充满生机和希望。

但是,这则"寓言"的情景设置是错误的。海里的鳗鱼是生活在咸水中的,鲇鱼是生活在淡水中的,盛放鳗鱼的船舱里到底要灌咸水还是淡水,才能使归途中的鳗鱼与鲇鱼始终斗志昂扬地相争着?

所以,世上的事大抵如此:故事编得好,成了典故;故事编得不怎么好,但年代悠久,尤其是出现在人类的童年时代,那还是可以成为典故的;如果故事没编好,还是近世的,那就成了笑话。

醃蟹 之类，都是乡恋的密码

美国麻省理工学院的英语教师艾娜·利普科维茨,写了一本很有意思的书——《吃的就是个名字》。她在书中提出了这样一个观点,给食物命名最好遵循两个规则。第一个规则,就是要避免用食物还活着、蹦蹦跳跳时的名字给菜命名。"我们吃的是 pork(猪肉),不是 pig(猪);吃的是 beef(牛肉),不是 cow(牛)"。

她这么一说,我觉得很新奇也很有道理——真的是这样呀。这个规则很有人文情怀,很有怜悯心,同时也让我感到非常惭愧,差一点掉下几滴鳄鱼的眼泪,因为我们终究还是要吃那些原先"活着、蹦蹦跳跳"的东西。尤其是海鲜,越新鲜的越好,越蹦蹦跳跳的越好。

譬如,我们吃鱼,就是说吃鱼,而不是说吃鱼肉;我们吃螃蟹,就是说吃螃蟹,而不是说吃螃蟹肉。我们怎么这么没有同情心呀!

后来仔细一想,不对呀。我们也一直在说吃猪肉吃牛肉,没有说吃猪吃牛呀。并且,与猪肉有关的,我们连猪都懒得提,直接说红烧肉。猪这么大,牛这么大,当它们成为食物被端上餐桌的时候,呈现的肯定是局部,譬如猪脚蹄,譬如牛百叶,在叫法上我们绝对不会以偏概全的,这在客观上避免了"用食物还活着、蹦蹦跳跳时的名字给菜命名"。

回到海鲜问题上来，难道美国人吃鱼不叫吃鱼而是叫吃鱼肉？"鱼肉"这个词，在汉语里不是"鱼的肉"的意思，而是"鱼和肉"，并且是刀俎之间的"鱼和肉"。俎，就是砧板。所以在汉语里，"鱼肉"可能比喻无力抵抗、任人宰割，就像《史记·项羽本纪》所说的那样："如今人方为刀俎，我为鱼肉。"也可能是指用暴力欺凌别人，"鱼肉百姓，以盈其欲"（《后汉书·仲长统传》）。所以，我们只能是吃鱼，不会说吃鱼肉。

后来查了一下《牛津词典》，原来美国人也是叫吃鱼的——鱼和鱼肉被同一个单词 fish 所囊括，它可能是"a creature that lives in water, breathes through gills, and uses fins and a tail for swimming"（一种生活在水中，通过鳃呼吸，用鳍和尾巴游泳的生物），也可以是"the flesh of fish eaten as food"（作为食物吃的鱼的肉）。螃蟹也一样，crab 既指"a sea creature with a hard shell, eight legs and two pincers (= curved and pointed arms for catching and holding things). Crabs move sideways on land"（有坚硬外壳、八条腿和两把钳子的海洋生物——弯曲而尖的手臂，用来抓东西和拿东西。螃蟹在陆地上横向移动），也可以指"meat from a crab , used for food"（螃蟹肉，用作食物）。艾娜·利普科维茨女士所说的"我们吃的是 pork（猪肉），不是 pig（猪）；吃的是 beef（牛肉），不是 cow（牛）"，仅仅是一些没有普遍意义的例子；他们同样吃鱼（fish）吃螃蟹（crab），没有细分出鱼肉螃蟹肉来。《柯林斯高阶英汉双解学习词典》里的例句"Although it is tasty, crab is very filling"——"螃蟹虽然好吃，但容易一吃就饱"，赤裸裸地用的是"活着、蹦蹦跳跳时的名字"。

艾娜·利普科维茨女士关于给食物命名的第二条规则，强调的是必须语出惊人的意思。她说，取一个法语或意大利语的名字，效果或许可以更好一点。这一条，有嫌弃母语的意味；她那故弄玄虚以达到商业上出奇制胜的想法，也被我嫌弃。

在我看来，艾娜·利普科维茨女士的两条规则，也就是一个噱头而已。我觉得，食物命名得好的，往往藏有乡恋的密码，地域的记忆。

宁波人吃海鲜，不忌惮用"活着、蹦蹦跳跳时的名字"来命名，很是光明磊落的样子，譬如吃鱼就是吃鱼，吃蟹就是吃蟹。但这样笼统地直呼其名，就失去了地域特殊性的意义。如果吃螃蟹的时候，把螃蟹的各个部位细分一下，分别命名，这是蟹脚钳，这是蟹盖头，这是蟹米须，那么地域记忆的特殊性——有时甚至是唯一性，就凸显出来了。像宁波老话里"弄眼蟹盖头得好的嘞"这样的话，显然已经是潜台词了，意思是"没搞出什么名堂来"，蟹盖头已经不是原来意义上螃蟹的背甲了。

　　譬如龙头鲓、带鱼丝鲓这样的名称，还有乌贼卵黄、虾皮弹虫这样的叫法，都带着宁波人无法抹去的地域烙印。这样的食物命名，真正是一流的。因为你无论处在世界的何处，只要你能用未改的乡音说出这几个词，朋友，我敢肯定，你就是地地道道的宁波人！

　　海鲜的命名，最具地域记忆特殊性的，当属 qiāng 蟹。螃蟹用盐水腌制一下，变成美味的 qiāng 蟹，这是很多宁波人都驾轻就熟的。但 qiāng 字到底怎么写，几乎所有宁波人都是束手无策的。其实用"咸蟹"一词也可以解决问题，但宁波人偏偏喜欢叫 qiāng 蟹，因为叫 qiāng 蟹更传神,它代表着美味制作的手艺;叫qiāng蟹也更有味道,能够瞬间使人垂涎欲滴。叫"咸蟹"就是一种敷衍,是一种不恭敬,甚至是一种亵渎,即使非要带上这个"咸"字,那也得叫"咸qiāng蟹",这样才正宗。宁波人,就是这么任性,这样倔强。

于是寻求qiāng字写法,就像是寻找破译乡恋的密码。这样就有了"呛蟹"这样的写法,理由是qiāng蟹是把活蟹浸泡在盐水里,活生生地把它给呛死了,所以叫"呛蟹"。也有人觉得应该写成"炝蟹","炝"是一种烹饪方法,虽然跟腌制是两码事,但拿来代用一下,比"呛蟹"把"活着、蹦蹦跳跳"的螃蟹呛死这种"野蛮"的命名方式更靠谱,更贴切,也更有人文情怀。并且,并不是所有的qiāng蟹都是由活蟹腌制的,碰到"死蟹一只",你还呛什么呛?方言研究专家是严谨的,同样是探寻,他们不是无凭无据地瞎猜想,而是试图找到文本上的依据,于是从故纸堆里找出一个字来,䱒。从构字的角度来看,这更像是一个qiāng字。"卤",表示盐水,也可以引申为腌制,合情合理;"昌"表示读音,"昌"的同音词里方言有qiāng的读音。两者凑在一起,珠联璧合,相得益彰,堪称完美。缺点

是，电脑字库里找不到，得造字，麻烦。

在"qiāng 蟹"这个问题上，宁波人不忘初心，众志成城，有文化的和没文化的，时不时都会琢磨一番：到底是哪个 qiāng 字？

其实，很久很久以前，一个叫高似孙（1158—1231）的宁波人——当时应该算是鄞县人，在宋朝已经为我们造了这个 qiāng 字——醯。这说明，"醯蟹"这样的腌制方法至少有将近千年的历史。高似孙写过一本叫作《蟹略》的书，他是嫌此前绍兴人傅肱写的《蟹谱》一书不全面，遗漏了很多东西，就站在傅肱的肩膀上又写了一遍。《蟹略》虽是汇编之作，但没人说它是抄袭之作、剽窃之作，看来高似孙有后来居上的本事。

在《蟹略》的第四卷《蟹雅》里，高似孙辑录了很多吟咏螃蟹的诗，包括他自己写的。高似孙的诗，有一首题目就叫《醯蟹》。诗是这么写的："西风送冷出湖田，一梦酣春落酒泉。介甲尽为香玉软，脂膏犹作紫霞坚。魂迷杨柳滩头月，身老松花瓮里天。不是无肠贪曲蘖，要将风味与人传。"高似孙醯的似乎是湖蟹而不是梭子蟹，用的是酒而不是盐水，但毕竟在文本上留下了这个宝贵的"醯"字。

很久很久以后,高似孙的《蟹略》被收录到《四库全书》里了,傅肱写的《蟹谱》估计是落选了;但高似孙用过的"醢"字,却没那么幸运,未能进入《康熙字典》。方言终究是方言,现在是,在清朝是,在宋朝也是,很难在字典里弄到一个让人看到庐山真面目的位子。而这,也恰恰给它们带上了密码一样无法替代的印记。

当然,有关海鲜的,带有地域文化印记的命名还有很多,譬如螟脯鲞。螟脯鲞,就是乌贼鲞。这个命名,倒是完全符合艾娜·利普科维茨女士所倡导的规则,不但避免了"活着、蹦蹦跳跳时的名字",而且连原型也淡化了,倘若拿着"螟脯"的名片,到海龙王那里去找,恐怕也找不到。要不是明朝的郎瑛在《七修类稿》里言之凿凿地说"乌贼鱼暴(曝)干,俗名螟脯",普及了知识,才让后人知道了这样的叫法。因为在宋朝,《梦粱录》在介绍杭州"城内外鲞铺"的时候,罗列"鱼鲞名件",还是把它叫作"明脯干"的。从"明脯"到"螟脯",字眼变化一小步,达成共识一大步。现在,螟脯或者螟脯鲞,指代的是什么,应该已经是文化人的常识了。有人出于地域的自豪感,把螟脯鲞写成"明府鲞",说是历史上的贡品,来自明州府,纯粹是一种美好的臆想。但至少说明,人们一直在试图破解海鲜命名背后可能隐含的密码,尽管很多探寻显得功力不足,并且方向偏了,图的只是自得其乐的趣味。

艾娜·利普科维茨女士认为,"吃的就是个名字"。这如果从乡思的角度来理解,倒是很有道理的。那些令人头痛的海鲜名字,那些很难用文字记述下来的海鲜名字,那些容易让人猜想得走火入魔的海鲜名字,如果简明化地叫了"咸蟹""乌贼干",味道——无论是作为吃货的味道,还是怀恋故乡的味道,都差了十万八千里。

与海鲜有关的吃相歧视

歧视往往是由差异作为切入点的。有差异，就有可能会觉得奇怪：怎么能这样子呀？于是，就看不惯。当看不惯明确为一种态度，转化为一种语气，歧视就不知不觉地发生了。

中国地域广阔，由于地理环境的关系，南方人与北方人的生活习性相去甚远。在古代中国，因为有南北差异，所以"看不惯"的事情经常发生。尤其当南北分属两个不同的朝代，那么这种带有鄙夷性质的"看不惯"就有了天然的合理性，以及那种说不清道不明的凛然正气。

作为南方人——杭州钱塘县人的沈括，在《梦溪笔谈》卷二十四里记录了几件南北食用海鲜的差异的逸事。沈括写道："宋明帝好食蜜渍鱁鮧，一食数升。鱁鮧乃今之乌贼肠也，如何以蜜渍食之？"沈括是正宗的宋朝人，但这个宋明帝却不是大家所熟知的宋朝（960—1279）的皇帝，而是南北朝时期南朝宋（420—479）的皇帝。这南朝宋虽建立在南方，定都建康（今江苏南京），但皇帝是正儿八经的北方人。按照沈括的理解，"鱁鮧乃今之乌贼肠也"，似乎是现在宁波人所说的"乌贼卵黄""乌贼蛋"之类的东西，南方人都是以盐腌制的，宋明帝竟然"以蜜渍食之",匪夷所思,匪夷所思啊!

其实"鰿䱒",按大约成书于北魏末年的《齐民要术》的说法"盖鱼肠酱也",并不是仅仅特指"乌贼肠也"。当然乌贼作为墨鱼,名字里有个"鱼"字,人们把它当作鱼的一种,它的内脏的腌制品叫作鰿䱒,也没有毛病。还有一种可能,到了沈括的年代,别的乱七八糟的鱼肚肠就不腌制了,就剩下"乌贼肠"经受了历史的考验,还一直被人们津津有味地享用着。所以,沈括把宋明帝喜欢的"蜜渍鰿䱒",理解成"今之乌贼肠也",也是情有可原的。

宋明帝的这个嗜好,其实在唐朝李延寿撰写的《南史》中早有记载:"以蜜渍鰿䱒,一食数升,啖腊肉常至二百脔。奢费过度,每所造制,必为正御三十,副御、次副又各三十。须一物,辄造九十枚。天下骚然,民不堪命。宋氏之业,自此衰矣。"当然,《南史》是从揭露奢靡的角度来叙述此事的,"一食数升","常至二百脔",寥寥数笔,活生生地勾画出一个吃货皇帝的饕餮形象。

而沈括切入的角度则是口味,所以他继续写道:"大业中,吴郡贡蜜蟹二千头、蜜拥剑四瓮。又何胤嗜糖蟹。大底南人嗜咸,北人嗜甘。"大业,是隋炀帝的年号;而何胤，是南北朝时期的人。沈括想说的，似乎是"北人嗜甘"有其历史渊源，是一脉相承的。有趣的是"贡蜜蟹二千头"的说法，说明那时蟹的量词不是"只"而是"头"。

上面的这些记述，如果说仅仅出于好奇，那么沈括接下来所说的段子，就不无揶揄的成分了："如今之北方人喜用麻油煎物，不问何物，皆用油煎。庆历中群学士会于玉堂，使人置得生蛤蜊一篑，令饔人烹之，久且不至。客讶之，使人检视，则曰：'煎之已焦黑，而尚未烂。'坐客莫不大笑。"

这个段子说得其实有点过分。蛤蜊，固然放汤烧煮就可以了，但即使北方的饔人（厨师）烹饪不得法，用油煎的方法，那么蛤蜊遇热就会张开壳，里面的肉不久也就熟了。厨工师傅说，"煎之已焦黑而尚未烂"，指的是蛤蜊的壳，觉得还没有熟。也就是说，对于蛤蜊到底食用哪一部分，北方人根本不知道，情节的走向已经超出了"北方人喜用麻油煎物"的范畴。如果剔除其南北歧视的成分，说明在宋朝的时候，北方人对来自南方的海鲜还是相当陌生，即使他是饔人，照样手足无措。

沈括意犹未尽，还拿亲家开涮："余尝过亲家设馔，有油煎法鱼，鳞鬣虬然，无下箸处，主人则捧而横啮，终不能咀嚼而罢。"古人所说的法鱼，就是指风干的鱼，也就是鱼鲞。"油煎法鱼"，方法肯定是错了，而"主人则捧而横啮"，则涉及吃相。啮，古时候写作"齧"。《说文解字》里说：齧，噬也。古人老话说，鸟曰啄，兽曰齧。这里，能说沈括的记述没有一点吃相歧视？

宁波老话说："立要有立相，坐要有坐相。"同理，吃也一定要有吃相，这是一种修养，也是一种礼节。吃相难看，也就是俗话所说的"吃相怕人"，通常有两种原因：一是饿了，并且是饿得慌，于是狼吞虎咽，风卷残云，像吃荒年羹饭，吃得斯文扫地。二是不知道怎么吃，不知道如何下口，吃得不得法，于是就吃得有点尴尬，并且狼狈。沈括所说的"捧而横啮"，应该属于第二种情形，虽然情有可原，但终究有失雅观。

吃相，作为吃东西的样子，其实跟吃什么有很大的关系。清朝时的象山人王莳蕙，写过一首《咏海瓜子》的诗："冰盘堆出碎玻璃，半杂青葱半带泥。莫笑老婆牙齿软，梅花片片磕瓠犀。"这后两句描述的，就是吃海瓜子时的吃相，也只能是吃海瓜子时的吃相，吃蛤蜊就不是这个样子了。虽然食物相同吃相也可以不同,同样是酒,可以是呡一口,也可以是一饮而尽;但食物不同,有时候吃相就必须不同。有的必须啃,譬如附着在骨头上的肉;有的必须嗍,譬如河里的螄螺(螺蛳)、海里的芝麻螺。这是正常的吃法,并没有高低贵贱之分、好看难看之说。但如果"看不惯",这吃相也可以拿来说事的,这吃相就有了文野之别。

明朝的顾起元写过一本《客座赘语》,里面有一则文字叫作《杨元慎嘲》。文中说"梁沈庆之使魏",杨元慎嘲之曰:"吴人之鬼,住居建康。小作冠帽,短制衣裳。自呼阿侬,语则阿傍。菰稗为饭,茗饮作浆。呷啜鳟羹,唼嗍蟹黄。手把荳蔻,口嚼槟榔。"作为北方人的杨元慎,对南方人的嘲讽几乎是全方位的,从穿着打扮到语言习惯,最后落实到吃的方面来,"呷啜鳟羹,唼嗍蟹黄",竟然把南方人吃蟹黄比喻成鸟儿觅食的样子,鄙夷之情溢于言表。

其实,顾起元的记述是有误的,杨元慎嘲弄的不是沈庆之,而是陈庆之。沈庆之确有其人,但年代差矣。把两人弄混了,就有"关公战秦琼"的意味。

北魏杨炫之写的《洛阳伽蓝记》,对这件所谓"杨元慎嘲"事件有完整的记叙。

"永安二年，萧衍遣主书陈庆之送北海入洛阳，僭帝位。"陈庆之出差到了北魏，北魏方面的老朋友"遂设酒引邀庆之过宅"。问题是酒酣耳热之际，陈庆之说了这样一番有损外交关系的话："魏朝甚盛，犹曰五胡。正朔相承，当在江左。秦皇玉玺，今在梁朝。"一句话，梁朝才是华夏正统。

在座的杨元慎听了很不开心，当即"正色曰"。说了些什么呢？首先是南朝的一屁不值："江左假息，僻居一隅。地多湿垫，攒育虫蚁。疆土瘴疠，蛙黾共穴，人鸟同群。短发之君，无杼首之貌；文身之民，禀蕞陋之质……"接着是自我表扬："我魏膺箓受图，定鼎嵩洛，五山为镇，四海为家。移风易俗之典，与五帝而并迹；礼乐宪章之盛，凌百王而独高。"最后是诘问："岂卿鱼鳖之徒，慕义来朝，饮我池水，啄我稻粱，何为不逊，以至于此？"说实话，连"鱼鳖之徒"这样的话都出来了，吃顿饭竟然是"啄我稻粱"，杨元慎几乎接近谩骂了。

作为北魏人，杨炫之的记述肯定是偏向北魏的，在他的笔下，陈庆之听了以后不是拍案而起加以反驳，而是"杜口流汗，含声不言"。呵呵，有时候，所谓口述史，也就是一面之词。

没过几天,陈庆之生病了,"心上急痛,访人解治"。杨元慎"自云能解","即口含水噀庆之曰",于是就有了"吴人之鬼"这段话。看起来,杨元慎比在宴席上含蓄多了,他觉得陈庆之的病是小鬼缠身,于是假借驱鬼之名,先是名正言顺地用水把陈庆之喷了一脸,然后滔滔不绝地把南方人数落了一遍。这中间,包括"呷啜鳟羹,唼嗍蟹黄"这样赤裸裸地对南方人的吃相歧视。陈庆之当然听出了弦外之音,"伏枕曰:杨君见辱深矣"。

所以说,国家不能分裂,一分裂,"看不惯"的事情就多了去,连饮食习惯以及与之相适应的吃相也可以拿来歧视。

盐,带引号的海鲜

狭义的海鲜，只包括海产的动物性的食物，譬如鱼类、虾类、贝壳类，等等。广义的海鲜，把植物和藻类也包括进去了，于是海带、紫菜也荣升为海鲜。其实所有的定义都是人为给出的，那我不妨来一个自定义：凡是海里出来的，能食用的东西，都是海鲜。那么，晒海为盐的海盐，何尝不是一种海鲜？

或许有人会说，海鲜海鲜，总得有点鲜味吧，盐只有咸味，没有鲜味，算哪门子海鲜？其实，鲜味是一种只可意会不可言传的滋味美妙的口感，说白了，就是味道好极了。一般都以为鲜味是跟味精联系在一起的，但"味之素"在二十世纪初才出现，而鲜美的味觉自从有了食物就有了。而对鲜味的贡献，盐是有功劳的。俗话说，淡而无味。白开水一样的口感，肯定不是鲜味。一碗汤，加点盐，加得恰到好处，就有了咸味，自然不是淡而无味了；倘若觉得味道好极了，那么鲜味也在其中了。说到底，鲜味是一种带有某种主观性的味觉体验，譬如人在穷困潦倒之际，喝一口咸齑汤也会觉得是鲜的。

南北朝时期的大乘法师僧伽斯那，写过一则《愚人食盐》的寓言故事，说的就是在菜肴里加盐，鲜味就奇妙地出

来了的事情:

　　昔有愚人,至于他家。主人与食,嫌淡无味。主人闻已,更为益盐。既得盐美,便自念言:"所以美者,缘有盐故。少有尚尔,况复多也?"愚人无智,便空食盐。食已口爽,返为其患。

　　"主人与食,嫌淡无味"——这种情形,在宁波话里叫作"吃白食还嫌鄙咸淡"。当然,口味有重轻,也在情理之中。人家是客随主便,这家主人是主随客便,你"嫌淡无味",那我就加一点盐。果然,加了盐的菜肴,味道鲜美了。可笑的是,"既得盐美","愚人"进行了异想天开的逻辑推理:"少有尚尔,况复多也?"

　　这世界,要成为聪明人很难,但想成为愚人也不容易,也需要有天赋。倘若一个人被动地接受因果关系——"哦,加点盐,味道就鲜了",不去做智力所不能及的深究,他不可能是聪明人,但也永远不可能成为愚人,他顶多就是一个平常人。而愚人的天赋在于能够进行夸张式的联想,譬如兜里有点钱是一种幸福感,那么如果兜里有很多很多很多的钱,那他一定幸福得不能自已(其实,未必)。同样道理,菜里放点盐,味道就鲜了,那么放很多很多很多的盐,那味道一定鲜美无比!

"愚人"一定是把盐想象成大约在一千五百年之后才出现的味精了,把氯化钠当成了谷氨酸钠。那一刻,"愚人"的脑子里或许浮现了淮阴侯的形象:韩信带兵,多多益善。于是"便空食盐"——就是往嘴巴里塞盐呀,这需要有多傻才能干出这样的事情!结果可想而知,"反为其患"。

《愚人食盐》的寓意还是比较浅显的,说的是过犹不及的道理,但故事的素材本身说明,适度地加盐,是能增加菜肴的鲜味的。

或许又有人会说,海鲜海鲜,都能当下饭的。盐,只是调味品,能单独作为一盘菜吗?我的回答是,能呀——因为穷呀,出于无奈!

宋朝诗人俞德邻写过一首诗《沽酒行》,其中开头几句是这样写的:"去年斗酒贯三百,路逢曲车常啧啧。朝来啜齑暮食盐,汲井煎茶待佳客。"这里"齑"的本义不是宁波人所说的咸齑,而是指"捣碎的姜、蒜或韭菜碎末儿";

当然，把它想象成切碎的咸齑也是可以的。呵呵，早上还有咸齑，晚上只能吃盐了。虽然这是一种文学手法，诗人本人并非如此潦倒，没有沦落到这种地步，却是对贫困生活的形象概括——世上毕竟有一部分人在过这样的生活。

其实，最早这样表述的，是唐朝的文学家韩愈："太学四年，朝齑暮盐。"（《送穷文》）可能受韩愈的启发，后来元末明初的诗人杨基落难在外，"天寒思故衣，家贫思良妻"的时候，给老婆婉素写了一首诗，里面也提到了"朝炊粥一盂，暮食盐与齑"（《寄内婉素》）。可见，家境困窘的时候，盐的确是无奈地被当作一盘菜的。

不过平心而论，虽然它来自海里，既能弄出点鲜味来，也能当作一盘菜，但把盐当成海鲜毕竟是勉强的，甚至是强词夺理的——尽管找了些依据，说了一堆理由。如果非要坚持，那与《愚人食盐》里"愚人"的智商，几乎大同小异。那好，我妥协，我服输，就叫它是带引号的海鲜。

封面绘图:马联飞
素描插图:史羽诺
内文插图:引自日本江户时代末期德川幕府御书院官员、博物学者毛利梅园(1798—1851)的《梅园鱼谱》《梅园介谱》等作品

图书在版编目（CIP）数据

海鲜的文化料理 / 乐建中著 . — 宁波：宁波出版社，2020.11
ISBN 978-7-5526-4048-9

Ⅰ. ①海 … Ⅱ. ①乐 … Ⅲ. ①随笔—作品集—中国—当代 Ⅳ. ① I267.1

中国版本图书馆 CIP 数据核字（2020）第 185339 号

海鲜的文化料理

著　　者	乐建中
责任编辑	苗梁婕
责任校对	虞姬颖
装帧设计	金字斋
出版发行	宁波出版社

（宁波市甬江大道1号宁波书城8号楼6楼　邮编　315040）

网　　址	http://www.nbcbs.com
印　　刷	宁波白云印刷有限公司
开　　本	787mm×1092mm　1/32
印　　张	7.75
字　　数	120 千
版　　次	2020 年 11 月第 1 版
印　　次	2020 年 11 月第 1 次印刷
标准书号	ISBN 978-7-5526-4048-9
定　　价	58.00 元

如发现缺页或倒装，影响阅读，请与出版社联系调换　　电话：0574-87248279